U0444554

赵丽宏
语文课

YUWEN KE

赵丽宏 著

人民文学出版社

图书在版编目（CIP）数据

赵丽宏语文课/赵丽宏著．—北京：人民文学出版社，2018
ISBN 978-7-02-014036-7

Ⅰ.①赵… Ⅱ.①赵… Ⅲ.①散文集—中国—当代 Ⅳ.①I267

中国版本图书馆 CIP 数据核字(2018)第 062470 号

责任编辑　脚　印
装帧设计　黄云香
责任印制　苏文强

出版发行　人民文学出版社
社　　址　北京市朝内大街166号
邮政编码　100705
网　　址　http://www.rw-cn.com

印　　刷　天津千鹤文化传播有限公司
经　　销　全国新华书店等

字　　数　140千字
开　　本　890毫米×1290毫米　1/32
印　　张　8.5　插页3
印　　数　10001—15000
版　　次　2018年7月北京第1版
印　　次　2018年9月第2次印刷

书　　号　978-7-02-014036-7
定　　价　45.00元

如有印装质量问题，请与本社图书销售中心调换。电话:010-65233595

赵丽宏

赵丽宏为中学文学爱好者签名

赵丽宏 1993 年春天看望巴金

赵丽宏看望冰心

代序:做一个读书人的幸福

因为我的不少文章被收在中学语文课本中,便常有和语文有关的杂志约我写文章,谈谈关于读书的问题。谈读书时,我很自然地想起我那篇被选入课本的散文《旷野的微光》。

《旷野的微光》写于1980年10月,当时我还是华东师大中文系的学生,坐在文史楼的大教室里写了这篇散文,写的是在崇明岛"插队落户"时的往事,是在孤独和闭塞中追寻理想和知识的情景。在偏僻乡野的一盏小油灯下,读书使我走出了困顿和颓丧,使艰辛的日子变得乐趣无穷。没有想到这篇文章日后会成为中学生的课文。我想,现在的青少年,读我写于几十年前的这篇文章,可能会感到陌生,因为那确实是早已远去的上一个时代的生活。那时,读书非常艰难,找到一本好书,会像过节一样快乐。我想,如果没有当年这种追求和坚持,我一定不会有今天。读书可以丰富扩展一个人的精神世界，也可以改变人生。

　　现在我们所处的时代，是一个可以自由阅读的时代。像我当年那样千方百计觅书，偷偷摸摸读书的情景，恐怕不会再发生。现在的青少年，不愁没书读，愁的是没有时间读，愁的是书太多不知道读什么书好。我曾经担心，现在的中学生，课外阅读的范围越来越狭窄，能用于课外阅读的时间也越来越少，很多人已经丧失了阅读文学名著的兴趣和欲望，而其他与课程和考试无关的书，他们更是难有机会涉猎。这是一个令人担忧，也多少使人感到悲哀的现象。多年前，我接待过英国女作家莱辛，她的一句话曾给我留下深刻印象，也使我共鸣。她说，在英国，有高学历的"野蛮人"越来越多。这些"野蛮人"，懂得最先进的科技知识，能操纵最复杂的机器，却缺乏情感，缺乏情趣，缺乏宽容博爱的精神。造成他们"野蛮"的原因，是因为他们不读文学作品。这样的话出自一位文学家之口，也许有人会认为失之偏颇，但她确实指出了一个在现代社会具有普遍性的现象。我想，中国的年轻一代学子，绝无理由成为这样的"野蛮人"。令我欣慰的是，这些年，我很多次参与青少年的读书活动，发现青少年中还是有很多人喜欢读书，阅读的范围很广，数量也不小。在当评委读他们的读书笔记时，我也常常被他们活跃的思想和灵动的文笔打动。我相信，读书的时代，永远不会结束，因为，对一个有文化的现代知识分子来说，任何知识都不会是多余的，而吸取知识的最重要的途径，便是读书，读那些有价值的好书，读那些能给人知识、给人启迪的书。读书能使人了解世界的浩瀚辽阔、人心的幽深博大，也能使人更热爱生命，热爱生活，激发起追寻真理、实现理想的欲望和激情。一本好书，可能是一个聪慧坚韧的人，书中有他所有的智慧和毕生的心血追求的成果和结晶，作为一个读者，我们用几个小时或者几天时间，就能了解这一切，这样的好事情，何乐而不为？如果将读书的范围仅限于课堂教育规定的范畴，或者只是课本知识的有限补充,那实在太狭隘。必须明白这一点，我们的课外阅读，大多可能和学校的考试没有直接的关系，但是这样的阅读，对于青少年身心的成长，却是无比的重要。一个不喜欢读书的人，他的精神世界不可能丰富多彩，他的知识积累也不可能渊博厚实。我们说"知识的海洋"，其实也可以说是"书籍的海洋"，每个读书人都应该到这片大海中去远航，去浏览海中无穷无尽的迷人风光。

光有读书的欲望，恐怕还不行，还有一个怎样读书的问题。作为一个读者，我们不应该是一个简单的接受者，也应该是一个思想者，是一个参与者。读书的过程，是欣赏和接受的过程，也是思考和感悟的过程。如果能经常用自己的语言记录读书的感想，那将是一件极有意义的事情。当然，读书的过程，也可能是拒绝的过程，因为，并不是所有的书都是有价值的,也不是所有的书都是有趣的。古人说"尽信书则不如无书",很有道理。一个真正的读书人,应该通过自己的思考判定一本书是否值得阅读。

前些年,我出过一本读书随笔集,书名是《读书是永远的》,我为这本随笔集写过一篇短序,谈的是对读书的看法,附录在此,作为本文的结束吧:

  人识了字,最大的实惠和快乐就是读书。书开阔了我的眼界,愉悦了我的身心,陶冶了我的性情,丰富了我的知识,升华了我的精神。不管什么时候,不管在什么地方,不管是什么心情,只要手头有可读的好书,一卷在握,便能沉浸其中,宠辱皆忘。很多年前,我一个人在偏僻的乡村"插队落户",是书驱散了我的孤独,使我在灰暗的岁月中心存着对未来的希望,保持着对理想的憧憬。在一盏飘摇不定的油灯下,书引我远离封闭和黑暗,向我展现辽阔和光明。因为有了书,那段物质生活极其匮乏的日子变得很充实。我选择读书作为我的生活方式,选择书作为我的人生伴侣,实在是一件明智而幸运的事情。我想,在人类的各种各样的享受中,别的享受都有尽头,读书却是长久的。只要还活着,还能用眼用脑,便能继续读书,继续享用这永不会失去美味的精神佳肴。当然,把读书看作一种享受，须有一个前提，那就是你读的必须是有价值有趣味的好书。前不久，有一家报纸的读书副刊约我写一段谈读书的话，我写了如下文字："在黑夜里，书是烛火；在孤独中，书是朋友；在喧嚣中，书使人沉静；在困惫时，书给人激情。读书使平淡的生活波涛起伏，读书也使灰暗的人生荧光四溢。有好书做伴，即便在狭小的空间，也能上天入地，振翅远翔，遨游古今。漫长曲折的历史和浩瀚无尽的宇宙，都能融会于心，化作滋养灵魂的清泉。"我想，这些话，应该是我肺腑之言。

小读者为赵丽宏戴红领巾

目录

雨中 ……………………… 1

旷野的微光 …………………… 5

学步 ……………………… 10

山雨 ……………………… 14

与象共舞 …………………… 16

顶碗少年 …………………… 20

望月 ……………………… 24

为你打开一扇门 ……………… 31

周庄水韵 …………………… 36

炊烟 ……………………… 40

蝈蝈 ……………………… 44

小鸟，你飞向何方 …………… 47

在急流中 …………………… 55

致大雁 ……………………… 58

假如你想做一株蜡梅 ………… 63

三峡船夫曲 ………………… 67

晨昏诺日朗 ………………… 73

青鸟 ……………………… 78

山中奇遇 …………………… 85

钱这个东西 ………………… 90

母亲和书……94

历史……99

西湖秋意……103

海鹰……110

绿色的宣言……112

祖国啊……115

二寸之间……121

最后的微笑……125

贵在创造……129

心灵之树……133

诗魂……136

鹰之死……145

我们的国歌……153

风啊，你这弹琴的老手……155

光阴……162

老人和夕阳……164

童年笨事……167

太湖夕照……175

不褪色的迷失……177

人生是一本书……183

流水和高山……186

希望，展翅飞翔……195

青春......198

胜者和败者......201

新的高度，属于中国......209

日晷之影......236

敲门......249

赵丽宏作品入选教材目录......255

雨　中

傍晚，天边飘来一朵暗红色的云。天还没落黑，就渐渐沥沥下起雨来。

热闹了一天的城市，在雨中渐渐安静下来。汹涌的人潮流进了千家万户，水淋淋的马路，像一条闪闪发光的绸带，在初夏的绿荫中轻轻地飘。一群刚刚放学的孩子撑着雨伞，仿佛是浮动的点点花瓣；偶尔过往的车辆，一个年轻的姑娘拉着一辆小运货车，在雨中急匆匆地走来。车上，装着两大筐苹果，红彤彤的，黄澄澄的，堆得冒出了箩筐。许是心急，许是路滑，在马路拐弯处，只见小车一歪，一只箩筐，翻倒在马路上，又圆又红的大苹果，滴溜溜地在湿漉漉的路面上蹦跳着，蹦到了马路中间，跳到了马路对面，一时滚得满地都是。姑娘赶紧放下车把，慌里慌张拾了起来。几百个苹果散了一地，哪里来得及捡呢！姑娘捡起了这个，滚走了那个，眼看，汽车嘟嘟叫着从远处驶来……

正好，有一群放学回家的孩子们走过这里，没等姑娘招呼,他们就奔过去,七手八脚地捡了起来。姑娘直起身子,不由皱起了眉头,哦,假使遇上一帮淘气的孩子,每人捡几个苹果一哄而散,挡也没法儿挡呀!仿佛看出了她的焦虑,一个胖乎乎的小男孩走到她身边,说:"不要着急,大姐姐,一个苹果也不会少!"说罢,他解下脖子上的红领巾,大声叫道:"刚刚、彬彬、小军,来,跟我封锁交通!"然后,又不停地摆动红领巾,向驶近的汽车大声叫着:"停一停!停一停!"

一辆大卡车停下来了。司机是个小伙子,他把头伸出车窗一瞧,笑了,然后砰的一声打开车门,跳下车和孩子们一块儿捡起苹果来。一辆小轿车停下来了,一位满头白发的老人也走下车来了。路边,过往的行人也来了。大大小小的人们混在一起,追逐着满地乱滚的苹果,宁静的马路顿时热闹起来……

这一切,发生得这样突然,又结束得这样迅速。我们的那位运苹果的姑娘,还没来得及说声谢谢,帮助拾苹果的人们已经消散在雨帘里。孩子们嬉笑着撑开伞,唱着歌儿走了,卡车和轿车也开走了。只有那一筐散

选入教材:

九年制义务教育课本
语文 六年级第一学期
1991年
上海教育出版社

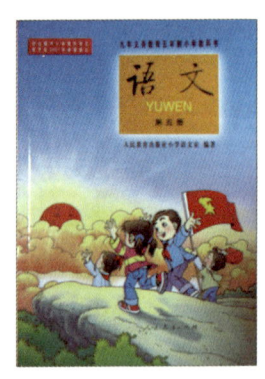

九年义务教育五年制小学教科书
语文 第五册
2001年
人民教育出版社

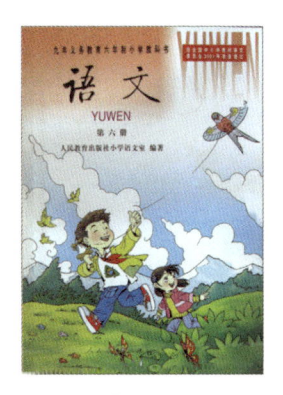

而复聚的大苹果，经过这一趟小小的旅行，变得水淋淋的，在姑娘身边闪着亮晶晶的光芒。

两筐苹果，几个孩子，一场为夏天的闷热带来的万般清凉的雨……这些本来毫不相干的事物，在一个偶然的机会里，却相互关联着，组成了一个并不宏大，却十分动人的场面——留下了很多的深思，随着这绵绵长长的雨点，随着这拂面而来的夜风，流进了一条条大街小弄，或许，也流进了人们的心里……

在夏天，这样的雨是很多的。

我盼望着……

雨，还在飘飘洒洒。恢复了宁静的马路，依然像条闪光的绸带，在雨帘里轻轻地飘。运苹果的姑娘目送着孩子们彩色的雨伞，突然感到，这初夏的雨点，是那么清凉，这雨中的世界，是那么清新……

一九八〇年初夏于上海

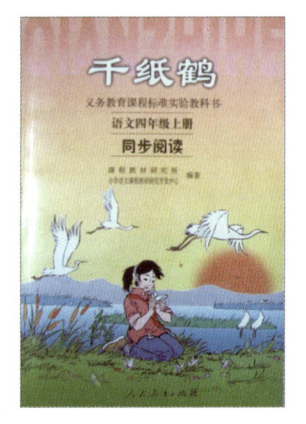

义务教育课程标准实验教科书
语文 四年级上册 同步阅读
2004年
人民教育出版社

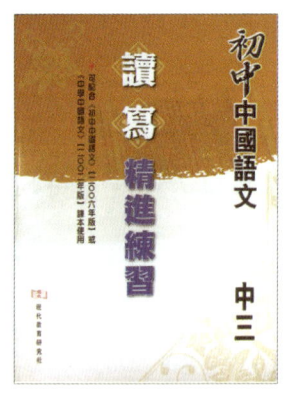

初中中国语文
中三 读写 精进练习
2006年
现代教育研究社（中国香港）

旷野的微光

图书馆宽敞的阅览大厅里，数不清的日光灯一起亮着。银白色透明的灯光，柔和地洒满了这个宁静安谧的世界，只有读者轻轻的翻书声：沙沙、沙沙……不知怎的，我的眼前竟出现了一盏油灯，它微弱、幽暗，却是那么坚韧，那么美丽地闪烁、闪烁……

这是一盏最简陋、最不起眼的小油灯：一只圆形的墨水瓶，一根棉纱灯芯，便是它的全部结构；它曾经有过一个方形的玻璃灯罩，不知在什么时候被打碎了，再也没有配起来。哦，我怎么能忘记它的光芒呢！在农村插队的岁月里，它的黄色的颤动的光芒，曾亲切地抚摸我，陪伴我度过了许多雨雾弥漫的夜晚……

血红色的夕阳垂落在天边，我，拖着长长的影子在田埂上蹀躞。这是我刚到崇明岛的时候，天天在田野里干活，一天下来，浑身仿佛散了架。回到我的小草屋里，一个人木然颓坐，筋酸骨痛，心灰意懒，只有那盏小油灯忽闪忽闪地跳跃着,像一只在黑暗里闪闪发光的眼睛,用一种怜悯的目光凝视我。在那昏黄幽弱的火光里,我看着自己扭曲了的影子在墙上晃来晃去,不由顾影自怜,觉得自己就像一根茕茕孑立的野草,迷茫地面对着萧瑟的旷野……

对了,在油灯下看一点书吧。然而,这是一个精神世界异常贫瘠的时代,那些千篇一律的文字,比我的粗硬的蒸玉米饭更难以下咽,我实在没有勇气啃它们。于是,对着那盏幽暗的小油灯,我又茫然了。油灯闪烁着,还是像一只眼睛,只是它的目光之中仿佛有嘲讽之色。它在嘲笑我的空虚和彷徨……在那闪烁的灯光里,我坐不住了:难道就这样让自己的思想和灵魂在黑暗中麻木、腐朽?不!我不愿意!我想起了过去曾经读过的那些美好的书,我怀念它们,我要找到它们!油灯尽管微弱,也可以为我照明,在浓重的黑暗中,有这样一点烛火就足够了!

美好的东西毕竟是禁灭不了的。远方的朋友为我带来了一些劫后余生的好书,当地

选入教材:

九年义务教育初中语文补充教材
阅读 初中一年级用
2002 年
北京师范大学出版社

一些念过书的老人，竟也为我找来一些难得的古书。最令我兴奋的是，在一所乡间中学里，我发现了一大堆被废弃的旧书！从此，在那盏小油灯下，有了无数个令人沉醉的夜晚。我把灯芯挑得长长的，灯火，毕剥毕剥跳动着，成了一只兴奋的眼睛，它和我一起读书，一起分享着那份快乐。在它的微光里，我尽情地驰骋自己的情感和想象，我的目光透过那些破旧的书页，飞出我的草屋，看得无比遥远。世界，真大啊……

小油灯闪烁着。在那幽暗的微光里，我仿佛看见了李白，我看见他正驾着一片雪白的帆，在烟波浩渺的扬子江上留下豪放的歌声……我仿佛看见了苏东坡，他仰对一轮皓月，呼喊着天上的神仙，思念着地上的朋友……我还看见泰戈尔，他把我引进一个神秘而又美妙的世界，那里的星星、月亮、海洋、森林，都流溢着奇异的光彩，使我流连忘返……我也看见了普希金，他坐着一辆雪橇，在苍茫灰暗的雪地上划出一行发光的诗句：心儿呵，永远憧憬着未来！……还有雪莱，我常常能听到他热情而又庄严的声音：冬天来了，春天还会远吗？

小油灯闪烁着。在那幽暗的微光里，我仿佛跟着雨果来到十九世纪的法国，目睹了那一幕幕浸透着血泪的人间惨剧……我仿佛跟着狄更斯渡过英吉利海峡，见到许多机智可爱的小人物……我看见罗曼·罗兰笔下那个愤世嫉俗的约翰·克利斯朵夫，正坐在一架古老的钢琴前，弹奏一支深沉优美的奏鸣曲；杰克·伦敦笔下的那个马丁·伊登，在一片惊涛骇浪之中，咬紧了牙关搏斗着……我为贾宝玉和林黛玉的悲剧叹息，为牛虻和保尔的韧性激动；我和林道静探讨着人生的出路，向车尔尼雪夫斯基请教着美学问题……

哦，我的小油灯，这闪烁在旷野里的微光，是它把我带回到那被阻隔了的广阔多彩的世界。是它为我照明，让我看见了许多人类智慧和文化的结晶，看见了许多璀璨瑰丽的美好事物。我像一股柔弱细小的山溪，在那奇妙的微光之中，缓缓地流出闭塞的峡谷，汇集起许多晶莹的泉水和露珠，逐渐丰满起来，充实起来……

我的生活和情绪发生了变化。在田野里干那些繁重的农活，流着汗，淋着雨，顶着寒风，确实很辛苦，然而一想起那盏小油灯，想起它的温暖柔和的光芒，我的心头便会感到一阵欢悦，觉得自己寂寥的生活有了一些慰藉，有了一种寄托。可是，我也经常有一种莫名的担心，担心这一点弱小的豆火会突然被黑暗吞噬。有时，屋外风雨交加，窗户门板被打得噼啪作响，风从门缝里钻进来，把一无遮掩的灯火吹得左右摇晃，然而它还是亮着，把黄澄澄的光芒投到我的书页上。有一次，它也确乎经历了一场危险。说来也可笑，邻宅的一只肥头肥脑的大黑猫，竟觊觎起我的小油灯来。一天晚上，它窜进我的小屋，跳上桌子，对着那盏油灯观察了好一会儿,竟愚蠢地用鼻子去嗅火苗,结果一声惨叫,夹着尾巴逃走了。油灯被撞得翻倒在地下,油泼了大半,火苗却没有熄灭。第二天,我看见那只黑猫鼻子乌黑,烧断了好几根胡须,它远远地瞅着我的小油灯,依然丧魂落魄的样子。我的小油灯终于没有熄灭。

哦,在黑暗之中,那一星一点的火光是多么珍贵!我不会忘记那盏幽弱的小油灯,不会忘记那闪烁在旷野里的微光。

一九八〇年十月于华东师大文史楼

学　步

儿子，你居然会走路了！

我和你母亲永远也不会忘记这一天。在这之前，你还整日躺在摇篮里，只会挥舞小手，将明亮的大眼睛转来转去，有时偶尔能扶着床沿站立起来，但时间极短，你的腿脚还没有劲，无法支撑你的小小的身躯。这天，你被几把椅子包围着，坐在沙发前摆弄积木。我们只离开你几分钟，到厨房里拿东西，你母亲回头望房里时，突然惊喜地大叫："啊呀，小凡走路了！"我回头一看，也大吃一惊：你竟然站起来推开包围着你的椅子，然后不依靠任何东西，自己走到了门口！我们看到你时，你正站在房门口，脸上是又兴奋又紧张的表情，看见我们注意你时，你咧开嘴笑了，你似乎也为自己能走路而感到惊奇呢。

从沙发到房门口不过四五步路，这几步路对你可是意义不凡，这是你人生旅途上最初的几步独立行走的路。我们都没有看见你如何摇摇晃晃走过来，但你的的确确是自

学步

选入教材：

九年制义务教育课本
语文 六年级第一学期
1991年
上海教育出版社

义务教育课程标准实验教科书
语文 六年级下册
2003年
北京师范大学出版社

己走过来的。当你母亲冲过去一把将你抱起来时，你却挣扎着拼命要下地。你已经尝到了走路的滋味，这滋味此刻胜过你世界里已知的一切。靠自己的两条腿，就能找到爸爸妈妈，就能到达你想到达的地方，那是多么奇妙多么美好的事情！

你的生活从此有了全新的内容和意义。只要有机会，你就要甩开我的手摇摇晃晃走你自己的路。你在床上走，在屋里走，在马路上走，在草地上走；你走着去寻找玩具，走着去阳台上欣赏街景，走着去追赶比你大的孩子们……

儿子，你从来不会想到，在你学步的路上，处处潜伏着危险呢。在屋里，桌角、椅背、床架、门，都可能成为凶器将你碰痛。当你跟跟跄跄在房间里东探西寻时，不是撞到桌角上，就是碰翻椅子砸痛脚，真是防不胜防。已经数不清你曾经多少次摔倒，数不清你的头上曾被撞出多少个乌青和肿块，每次你都哭叫两声，然后脸上挂着泪珠爬起来继续走你的路。摔跤摔不冷你渴望学步的热情。在室外，你更是跃跃欲试，两条小腿像一对小鼓槌,毫无节奏地擂着各种各样的地面。你似乎对平坦的路不感兴趣,哪里高低不平,哪里杂草丛生,哪里有水洼泥泞,你就爱往哪里走,只要不摔倒,你总是乐此不疲。这是不是人类的天性?在你未来的人生旅途上,必然会遇到无数曲折坎坷和泥泞,儿子啊,但愿你不要失去了刚刚开始学步的那分勇气。

起初,你摔倒的时候,总是趴在地上瞪大眼睛望我们,见我们不来抱你,你觉得有点委屈。但你很快就习惯了,并且学会了一骨碌爬起来,再不把摔跤当一回事。那次你沿着路边的一个花坛奔跑,脚下被一块大石头绊了一下,我们在你身后眼看着你一头撞到花坛边的铁栏杆上,心如刀戳,却无法救你,铁栏杆犹如一柄柄出鞘的剑指着天空!你趴在地上,沉默了片刻,才放声哭起来。我奔过去把你抱在怀中,不忍看你额头的伤口,我担心你的眼睛!好险啊,铁栏杆撞在你额头正中,戳出一道又长又深的口子,血沿着你的脸颊往下流……

你的额头留下了难以消退的疤痕,这是

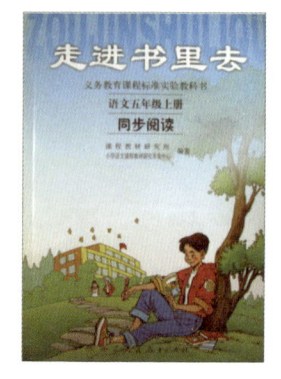

义务教育课程标准实验教科书
语文 五年级上册 同步阅读
2005年
人民教育出版社

中学华文课本
快捷课程四(下)
普通(学术)课程五(下)
2006年
教育出版社(新加坡)

你学步的代价和纪念。

儿子,你的旅途还只是刚刚开始,你前面的路很长很长,有些地方也许还没有路,有些地方虽有路却未必能通向远方。生命的过程,大概就是学步和寻路的过程。儿子啊,你要勇敢地走,脚踏实地地走。

山　雨

　　来得突然——跟着那一阵阵湿润的山风，跟着那一缕缕轻盈的云雾，雨，轻轻悄悄地来了……

　　先是听见它的声音，从很远的山林里传来，从很高的山坡上传来——

　　沙啦啦，沙啦啦……

　　像一曲无字的歌谣，神奇地从四面八方飘然而起，并且逐渐清晰起来，响亮起来，由远而近，由远而近……

　　雨，使这山中的每一块岩石，每一片树叶，每一丛绿草，都变成了奇妙无比的琴键，飘飘洒洒的雨丝是无数轻捷柔软的手指，弹奏出一阕又一阕优雅的、带着幻想色彩的小曲……"此曲只应天上有"呵！

　　雨使山林改变了颜色。在阳光下，山林的色彩层次多得几乎难以辨认，有墨绿、翠绿，有淡青、金黄，也有火一般的红色。在雨中，所有色彩都融化在水淋淋的嫩绿之中，绿得耀眼，绿得透明。这清新的绿色仿佛在雨雾中流动，

选入教材：

九年义务教育五年制小学教科书
语文 第七册
2001年
人民教育出版社

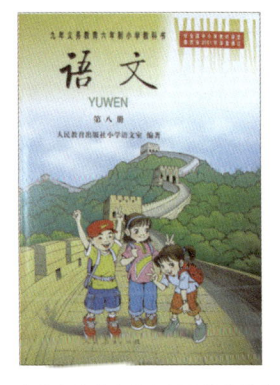

九年义务教育六年制小学教科书
语文 第八册
2002年
人民教育出版社

流进我的眼睛，流进我的心胸……

这雨中的绿色，在画家的调色板上是很难调出来的，然而只要见过这水淋淋的绿，便很难忘却。记忆宛若一张干燥的宣纸，这绿，随着丝丝缕缕的微雨，悄然在纸上化开，化开……

去得也突然——不知在什么时候，雨，悄悄地停了。风也屏住了呼吸，山中一下变得非常幽静。远处，一只不知名的鸟儿开始啼啭起来，仿佛在倾吐着浴后的欢悦。远处，凝聚在树叶上的雨珠继续往下滴着，滴落在路畔的小水洼中，发出异常清脆的音响——

叮——咚——叮——咚……

仿佛是一场山雨的余韵。

与 象 共 舞

在泰国，如果你在公路边的草丛或者树林里遇到一头大象，那是一件很自然的事情。不必惊奇，也不必惊慌，大象对蚂蚁一般的人群已经熟视无睹，它会对着你摇一摇它那对蒲扇般的大耳朵，不慌不忙地继续走它自己的路。那种悠闲沉着的样子，使你联想到做一个人的焦虑和忙乱。

象是泰国的国宝。这个国家最初的发展和兴盛，和象有着密切的关系。大象曾经驮着武士冲锋陷阵，攻城夺垒，曾经以一当十，以一抵百地为泰国人服役做工。被驯服的象群走出丛林的那一天，也许就是当地文明的起源。泰国人对象存有亲切的感情，一点也不奇怪。

在国内看大象，都是在动物园里远观，人和象隔着很远的距离。在泰国，人和象之间失去了距离，很多次，我和象站在一起，象的耳朵拍到了我的肩膀，象的鼻息喷到了我的身上。起初我有些紧张，但看到周围那些平静坦然

选入教材：

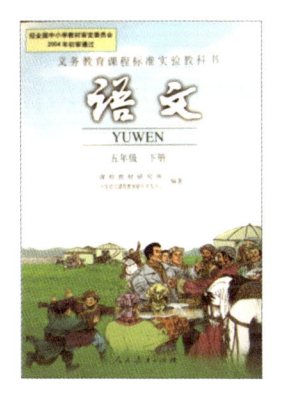

义务教育课程标准实验教科书
语文 五年级 下册
2001年
人民教育出版社

的泰国人，神经也就松弛了。在很近的距离看大象的脸，我发现，象的表情非常平静。那对眼睛相对它的大脑袋，显得极小，但目光却晶莹而温和。和这样的目光相对，你紧张的心情很自然地会松弛下来。

据说象是一种通人性的动物。在泰国，大象用它们的行动证实了这种说法。在城市里看到的大象，多半是一些会表演节目的动物演员。在人的训练下，它们会踢球，会倒立，会骑车，会用可笑的姿态行礼谢幕。最有意思的是大象为人作按摩。成排的人躺在地上，大象慢慢地从人丛里走过去，它们小心翼翼地在人与人之间寻找着落脚点，每经过一个人，都会伸出粗壮的脚，在他们的身上轻轻地抚弄一番，有时也会用鼻子给人按摩。一次，我看到一头象用鼻子把一位女士的皮鞋脱下来，然后卷着皮鞋悠然而去，把那躺在地上的女士吓得哇哇乱叫。脱皮鞋的人象一点也不理会女士的喊叫，用鼻子挥舞着皮鞋，绕着围观的人群转了一圈，才不慌不忙地回到那女士身边，把皮鞋还给了她。那女士又惊又尴尬，只见大象面对着她，行了一个屈

17

膝礼，好像是在道歉。那庞大的身躯，屈膝点头时竟然优雅得像一个彬彬有礼的绅士。

最使我难以忘怀的，是看大象跳舞。那是在芭堤雅的东巴乐园，一群大象为人们作表演。表演的尾声，也是最高潮。在欢乐的音乐声中，象群翩翩起舞，观众都涌到了宽阔的场地上，人群和象群混杂在一起舞之蹈之，热烈的气氛感染了在场的每一个人。舞蹈的大象，看起来没有一点笨重的感觉，它们随着音乐的节奏摇头晃脑，踮脚抬腿，前后左右颠动着身子，长长的鼻子在空中挥舞。毫无疑问，它们和人一起，陶醉在音乐中。这时，它们的表情仿佛也是快乐的，我想，如果大象会笑，此刻的表情便是它们的笑颜。

看着这群和人类一起舞蹈的大象，我突然想起了多年前听说过的一个关于象的故事。这故事发生在俄罗斯的一个动物园，一天，一头聪明的大象突然对饲养员开口说话，饲养员不相信自己的耳朵，然而大象竟清晰地用低沉的声音喊出了他的名字……当时看到这报道时，我认为这是无稽之谈。此刻，面对着这些面带微笑，和人群一起忘情舞蹈的大象，我突然相信，那故事也许是真的。

离开泰国前，到一家皮革商店购买纪念品，售货员拿出一只橘黄色的皮包，很热情地介绍说："这是象皮包，别的地方买不到的！"我摸了摸经过鞣制而变得柔软光滑的大象皮，手指竟像触电一般。在这瞬间，我眼前出现的是大象温和晶莹的目光，还有它们在欢乐的音乐中摇头晃脑跳舞的模样……

人啊人，如果我是大象，对你们，我还有什么话可说！

一九九六年

顶 碗 少 年

　　有些偶然遇到的小事情，竟会难以忘怀，并且时时萦绕于心。因为，你也许能从中不断地得到启示，从中悟出一些人生的哲理。

　　这是二十多年前的事情了。有一次，我在上海大世界的露天剧场里看杂技表演，节目很精彩，场内座无虚席。坐在前几排的，全是来自异国的游客，优美的东方杂技，使他们入迷了。他们和中国观众一起，为每一个节目喝彩鼓掌。一位英俊的少年出场了。在轻松优雅的乐曲声里，只见他头上顶着高高的一叠金边红花白瓷碗，柔软而又自然地舒展着肢体，做出各种各样令人惊羡的动作，忽而卧倒，忽而跃起……碗，在他的头顶摇摇晃晃，却总是不掉下来。最后，是一组难度较大的动作——他骑在另一位演员身上，两个人一会儿站起，一会儿躺下，一会儿用各种姿态转动着身躯。站在别人晃动着的身体上，很难再保持平衡，他头顶上的碗，摇晃得厉害起来。在一个大幅度转身的刹那间，

选入教材：

九年义务教育六年制小学教科书
语文 第十二册
2003年
人民教育出版社

九年义务教育课本
语文 七年级第一学期
2005年
上海教育出版社

那一大叠碗突然从他头上掉了下来！这意想不到的失误，使所有的观众都惊呆了。有些青年大声吹起了口哨……

　　台上，却并没有慌乱。顶碗的少年歉疚地微笑着，不失风度地向观众鞠了一躬。一位姑娘走出来，扫起了地上的碎瓷片，然后又捧出一大叠碗，还是金边红花白瓷碗，十二只，一只不少。于是，音乐又响起来，碗又高高地顶到了少年头上，一切都要重新开始。少年很沉着，不慌不忙地重复着刚才的动作，依然是那么轻松优美，紧张不安的观众终于又陶醉在他的表演之中。到最后关头了，又是两个人叠在一起，又是一个接一个艰难的转身，碗，又在他头顶厉害地摇晃起来。观众们屏住气，目不转睛地盯着他头上的碗……眼看身体已经转过来了，几个性急的外国观众忍不住拍响了巴掌。那一叠碗却仿佛故意捣蛋，突然跳起摇摆舞来。少年急忙摆动脑袋保持平衡，可是来不及了。碗，又掉了下来……

　　场子里一片喧哗。台上，顶碗少年呆呆地站着，脸上全是汗珠，他有些不知所措了。

21

还是那一位姑娘，走出来扫去了地上的碎瓷片。观众中有人在大声地喊："行了，不要再来了，演下一个节目吧！"好多人附和着喊起来。一位矮小结实的白发老者从后台走到灯光下，他的手里，依然是一叠金边红花白瓷碗！他走到少年面前，脸上微笑着，并无责怪的神色。他把手中的碗交给少年，然后抚摩着少年的肩胛，轻轻摇撼了一下，嘴里低声说了一句什么。少年镇静下来，手捧着新碗，又深深地向观众们鞠了一躬。

音乐第三次奏响了！场子里静得没有一丝儿声息。有一些女观众，索性用手掌捂住了眼睛……

这真是一场惊心动魄的拼搏！当那叠碗又剧烈地晃动起来时，少年轻轻抖了一下脑袋，终于把碗稳住了。掌声，不约而同地从每个座位上爆发出来，汇成了一片暴风雨般的雷声。

在以后的岁月里，不知怎的，我常常会想起这位顶碗少年，想起他那一夜的演出；而且每每想起，总会有一阵微微的激动。这位顶碗少年，当时年龄和我相仿。我想，他

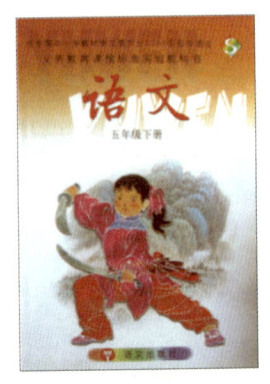

义务教育课程标准实验教科书

语文 五年级下册
2006 年
语文出版社

现在一定早已是一位成熟的杂技艺术家了。我相信他不会在艰难曲折的人生和艺术之路上退却或者颓丧的。他是一个强者。当我迷惘、消沉，觉得前途渺茫的时候，那一叠金边红花白瓷碗坠地时的碎裂声，便会突然在我耳畔响起。

是的，人生是一场搏斗。敢于拼搏的人，才可能是命运的主人。在山穷水尽的绝境里，再搏一下，也许就能看到柳暗花明；在冰天雪地的严寒中，再搏一下，一定会迎来温暖的春风——这就是那位顶碗少年给我的启迪。

一九八三年秋

望　月

　　船舱里突然亮起来，一缕银白色的光芒，从开着的窗口里幽然射入，在小小的舱房里无声无息地飘，飘……

　　是月亮出来了！入睡以前，天空是黑沉沉的，浩瀚的天幕墨海一般倒悬在头顶，没有一颗星星。辽阔的长江从漆黑的远天中奔泻下来，只听见江水浑厚沉重的叹息声。

　　我搬一把椅子，悄悄走到甲板上坐下来。夜深人静，甲板上没有第二个人，只有我的影子，长长的黑黝黝地拖在我身后的舱壁上。

　　月亮是出来了。不知在什么时候，它挣脱了云层的封锁，粲然跃现在天幕中，骄傲而又安详地吐洒着它的清辉。这是一个残缺的月亮——就像开在天上的一扇又圆又亮的窗户，窗户的右上角被一方黑色的窗帘遮着，又像是一个寒光闪烁的冰球，球体的一部分已经开始溶化……

　　月亮改变了夜天的形象。云层在它的周围逐渐溃散着，消失着，不可思议地融化在他清澈晶莹的光芒中，只留下

选入教材：

小学生阅读文选
第十册·（五年级下学期用）
2002年
山东教育出版社

一层透明无形的轻绡，若有若无地在它们面前飘来飘去，形成一圈虹彩似的光晕。星星们一颗一颗跳出来了。漆黑的夜天变成了深蓝色，那是一片孕育着珠贝珍宝的神奇的海……

月光洒落在长江里，江面被照亮了，流动的江水中，有千点万点晶莹闪烁的光斑在跳动。很多不规则的波纹，在水面起伏变幻着，仿佛是无数神秘的符号。江两岸，芦荡、树林和山峰的黑色剪影，在江天交界处隐隐约约地伸展起伏着，月光为它们镀上了一层银子的花边……

偶然回头时，竟发现身边多了一个人。这是跟随我出来旅行的小外甥，刚才明明还睡得很香，此刻居然已经搬着一把椅子坐到了甲板上。

"是月亮把我叫醒了。"小外甥调皮的朝我眨了眨眼睛，又仰起头凝望着天上的月亮出神了。不知道他在想什么。小外甥是五年级小学生，聪明好学，爱幻想，和他交谈是一件很愉快的事情，他常常用许多问题逼得我走投无路。

"我们来背诗好吗?写月亮的,我一首你一首。"小外甥向我挑战了。写月亮的诗多如繁星,他眼睛一眨就是一首。

他背:"床前明月光,疑是地上霜……"

我回他:"明月几时有,把酒问青天……"

他背:"月上柳梢头,人约黄昏后……"

我回他:"海上生明月,天涯共此时……"

他背:"……天阶夜色凉如水,卧看牵牛织女星……"

我回他:"……嫦娥应悔偷灵药,青天碧海夜夜心。"

……

诗,和月亮一起,沐浴着我们,笼罩着我们,使我们沉醉在清幽旷远的气氛中。小外甥在自己小小的诗歌库藏中搜索着,不知是山穷水尽了,还是背得有些腻烦了,他突然中止了挑战,冒出一个问题来:

"你说,月亮像什么?"

他瞪大眼睛等我的回答,两个乌黑的瞳仁里,各有一个亮晶晶的小月亮闪闪发光。

"你呢?你觉得月亮像什么?"

"像眼睛,独眼龙,老天爷的一只眼睛。"小外甥几乎不假思索地回答。

他的比喻使我愣了一愣。于是我又问:"你说说,这是一只什么样的眼睛?"

小外甥想了一会儿,说:"这是一只孤独的眼睛,它用冷淡的眼光凝视着大地。别看它冷淡得很，其实很喜欢看我们的大地，所以每一次闭上了，又忍不住偷偷睁开，每个月都要圆圆的睁大一次……"他绘声绘色地说着，仿佛在讲一个现成的童话故事。

而我，却交了一次白卷。因为我觉得自己的想象力远不如小外甥。

"你听过贝多分的《月光曲》吗？"小外甥的思路像月光一样飘飞着，他又想到了音乐。"我们的语文课本里，有一篇文章就是讲《月光曲》的，我能背下来，你要不要听？"

他大声背起来，清脆的声音在月光下回荡，那么清晰：

"……一阵风把蜡烛吹灭了，月光照进窗子来，茅屋里的一切都像披上了一层银纱。贝多芬望了望站在身边的穷兄弟姐妹，借着清幽的月光按起琴键来。

"皮鞋匠静静地听着，他好像面对着大海，月亮正从水天相接的地方升起来。海面上霎时间洒遍了银光。月亮越升越高，穿过一缕缕轻纱似的微云。忽然，海面上刮起了大风，卷起了巨浪，一个个被月光照得雪亮的浪花向着岸边涌来。皮鞋匠看了看他妹妹，月光正照在她那张恬静的脸上，照亮了她从来没有看到过的景象——在月光照耀下波涛汹涌的大海……"

在小外甥的朗诵里，我的耳边分明响起了琴声，琴声如月光，琴声如月下流水……这是一个发生在月光中的动人的故事,伟大的贝多芬在这个故事里写出了不朽的《月光曲》,他把月光化成了美丽的琴声。从此,在那些没有月亮的黑夜里,他的琴声宁静而又忧伤地向人们描绘着莹洁清澈的月光,这月光永远不会消失。

天边那些淡淡的云絮在不知不觉中聚齐起来,变得密集、沉重,一会儿,月光就被云层封锁了。天空又突然幽黑深涩起来,只有离月亮很远的地方还闪烁着几颗星星。

"月亮困了,睁不开眼睛了。"小外甥打了个呵欠,摇摇晃晃走回舱里去了。

甲板上又只留下我一个人。我久久凝视月亮消失的地方,那里又一片隐隐约约的亮光。是的,这亮光是蕴涵无穷的,这是诗和音乐的泉眼,它使我焕发了童心,轻轻地展开了幻想的翅膀……

一九八五年秋

赵丽宏和中学文学社的学生在一起

赵丽宏在复旦大学为中文系学生讲课

赵丽宏为大学文学社同学签名留念

为你打开一扇门

　　世界上有无数关闭着的门。每一扇门里,都有一个你不了解的世界。求知和阅世的过程,就是打开这些门的过程。打开这些门,走进去,浏览新鲜的景物,探求未知的天地,这是一件激动人心的事情,也是一个乐趣无穷的过程。一个不想开门探寻的人,必定会是一个在精神上贫困衰弱的人,他只能在这些关闭的门外无聊地徘徊。当别人为大自然和人世间奇妙的景象惊奇迷醉时,他却在沉睡。

　　世界上没有打不开的门。只要你愿意花时间,花工夫,只要你对门里的世界有着探索和了解的愿望,这些门一定会在你面前洞开,为你展现新奇美妙的风景。

　　在这些关闭着的门中,有一扇非常重要的人门,这扇门上写着两个字:文学。

　　文学是人类感情的最丰富最生动的表达,是人类历史的最形象的诠释。一个民族的文学,是这个民族的历史。一个时代的优秀文学作品,是这个时代的缩影,是这个时代心声，是这个时代千姿百态的社会风俗画和人文风景线，是这个时代的精神和情感的结晶。优秀的文学作品中，传达着人类的憧憬和理想，凝集着人类美好的感情和灿烂的智慧。阅读优秀的文学作品，对了解历史，了解社会，了解自然，了解人生的意义，是一件大有裨益的事情。文学作品对人的影响，是潜移默化的。阅读文学作品，是一种文化的积累，是一种知识的积累，也是一种感情和智慧的积累。大量地阅读优秀的文学作品，不仅能增长人的知识，也能丰富人的感情。作为一个有文化有修养的现代文明人，如果对文学一无所知，那是不可想象的。有人说，一个从不阅读文学作品的人，纵然他有着"硕士""博士"或者更高的学位，他也只能是一个"高智商的野蛮人"。这并不是危言耸听。亲近文学，阅读优秀的文学作品，是一个文明人增长知识，提高修养，丰富情感的极为重要的途径。这已经成为很多人的共识。

　　古今中外，优秀文学作品的库藏浩如烟海，在这样一套规模不算太大的文学选本中，要想全面地展示文学史，把前人创造的文学

选入教材：

义务教育课程标准实验教科书
语文 七年级（上册）
2002年
江苏教育出版社

普通高中课程标准
新课堂语文课外阅读
（高一上学期用）
2005年
山东教育出版社

精华和盘托出，并不可能。这套文学作品的选本，只是从文学的百花园中采了一些的花卉，只是从文学的海洋里捧出了几朵晶莹的浪花，但愿读者能从这些花卉和浪花中认识花园和海洋的魅力，进而产生这样的欲望：去探寻这美丽的大花园，到这迷人的大海中扬帆远航……

我曾经写过一段文字，题目是《致文学》，这段文字，是我和文学的对话，表达了我对文学的一些想法。让我把这段文字引在这里，愿它们能引起青少年读者对文学的兴趣，并以它们作为这篇序文的结尾，也作为这部文学选本的先导。

致文学

你是广袤的大地，是辽阔的天空，你是崇山峻岭，是江海湖泊，你用彩色的文字，描绘出世界上可能存在的一切美妙景象。不管是壮阔雄奇的，还是精微细致的，不管是缤纷热烈的，还是深沉肃穆的，你都能有声有色地展现。你使很多足不出户的人在油墨的清香中游历了五光十色的境界。

你告诉人们，人生的色彩是何等丰富，人生的旅途又是何等曲折漫长。你把生活的帷幕一幕一幕地拉开，让无数不同的角色在人生的舞台上演出激动人心的喜剧和悲剧。你可以呼唤出千百年前的古人,请他们深情地讲述历史,也可以请出你最熟悉的同代人,叙述人人都可能经历的日常生活。你吐露出的喜怒哀乐,使人开怀大笑,也使人热泪沾襟……

你是遥远的过去,是刚刚过去的昨天,也是无穷无尽的未来,你把时间凝聚在薄薄的书页之中,让读者的思想无拘无束地漫游在岁月长河里,尽情地浏览两岸变化无穷的风光。你是现实的回声,是梦想的折光,是平凡的客观天地和斑斓的理想世界奇异的交汇。

有时候,你展现漫长的历史,有时候,你只是描绘一个难忘的瞬间。如果你真实,真诚,如果你是真实人生的写照,是跌宕命运的画像,那么,人们在你的面前发出情不自禁的感叹是多么自然的事情。你是一双神奇的大手,拨动着无数人的心弦。你在人心中激起的回响,是这个世界上最激动的声音。人心是无边无际的海洋,这个海洋发出的声响,悠远而深沉,任何声音都无法模拟无法遮掩。

你是一个真诚而忠实的朋友,你只是为热爱你的人们默默奉献,把他们引入辽阔美好的世界,让他们看到世界上最奇丽的风景，让他们懂得人生的真谛。只要愿意和你交朋友，你就会毫无保留地把心交给他们。你永远不会背叛热爱你的朋友，除非他们弃你而去。

你是一扇神奇的大门，所有愿意走进这扇大门的人，都不会空手而归。而对那些把你当作追名逐利的敲门砖的人，你会把你的门关得很紧。

一九九六年七月二十六日于四步斋

周 庄 水 韵

一支弯曲的木橹,在水面上一来一回悠然搅动,倒映在水中的石桥、楼屋、树影,还有天上的云彩和飞鸟,都被这不慌不忙的木橹搅碎,碎成斑斓的光点,迷离闪烁,犹如在风中漾动的一匹长长的彩绸,没有人能描绘它朦胧炫目的花纹……

有什么事情比在周庄的小河里泛舟更富有诗意呢?小小的木船,在窄窄的河道中缓缓滑行,拱形的桥孔一个接一个从头顶掠过。贞丰桥,富安桥,双桥……古老的石桥,一座有一座的形状,一座有一座的风格,过一座桥,便换了一道风景。站在桥上的行人低头看河里的船,坐在船上的乘客抬头看桥上的人,相看两不厌,双方的眼帘中都是动人的景象。

周庄的河道呈"井"字形,街道和楼宅被河分隔。然而河上有桥,石桥巧妙地将古镇连缀为一体。据说,当年的大户人家,能将船划进家门,大宅后院,还有泊船的池塘。

周庄水韵

选入教材：

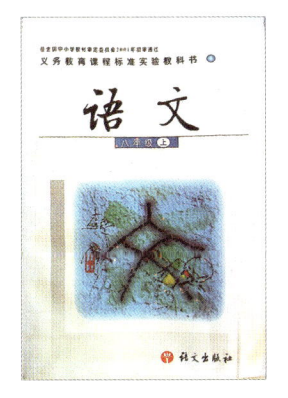

义务教育课程标准实验教科书
语文 八年级（上）
2002年
语文出版社

九年义务教育课本
语文 九年级第一学期
2012年
上海教育出版社

这样的景象，大概只有在威尼斯才能见到。一个外乡人，来到周庄，印象最深的莫过于这里的水，以及一切和水连在一起的景物。

我曾经三次到周庄，都是在春天，每一次都坐船游镇，然而每一次留下的印象都不一样。第一次到周庄，正是仲春，那一天下着小雨，古镇被飘动的雨雾笼罩着，石桥和屋脊都隐约出没在飘忽的雨雾中，那天打着伞坐船游览，看到的是一幅画在宣纸上的水墨画。第二次到周庄是初春，刚刚下过一夜小雪，积雪还没有来得及将古镇覆盖，阳光已经穿破云层抚摸大地。在耀眼的阳光下，古镇上到处可以看到斑斑积雪，在路边，在屋脊，在树梢，在河边的石阶上，一摊摊积雪反射着阳光，一片晶莹斑斓，令人目眩。古老的砖石和清新的白雪参差交织，黑白分明，像是一幅色彩对比强烈的版画。在阳光下，积雪正在融化，到处可以听见滴水和流水的声音，小街的屋檐下在滴水，石拱桥的栏杆和桥洞在淌水，小河的石河沿上，往下流淌的雪水仿佛正从石缝中渗出来。细细谛听，水声重重叠叠，如诉如泣，仿佛神秘幽远的江南丝竹，裹着万般柔情，从地下袅袅回

37

旋上升。这样的声音，用人类的乐器永远也无法模仿。

　　最近一次去周庄也是春天，然而是在晚上。那是一个温暖的春夜，周庄正举办旅游节，古镇把这天当成一个盛大节日。古老的楼房和曲折的小街缀满了闪烁的彩灯，灯光倒映在河中，使小河变成一条色彩斑斓的光带。坐船夜游，感觉是进入梦境。船娘是一位三十岁的农妇，以娴熟的动作，轻松地摇着橹，小船在平静的河面慢慢滑行，我们的身后，船的轨迹和橹的划痕留在水面上，变成一片漾动的光斑，水中倒影变得模糊朦胧，难以捉摸。小船经过一座拱桥时，前方传来一阵音乐，水面也突然变得晶莹剔透，仿佛是有晃荡的荧光从水下射出。

　　船摇过桥洞，才发现从旁边交叉的水道中划过来一条张灯结彩的花船，船舱里，有几个当地农民在摆弄丝弦。还没有等我来得及细看，那花船已经转了个弯，消失在后面的桥洞里，只留下丝竹管弦声，在被木船搅得起伏不平的河面上飘绕不绝……我们的小船划到了古镇的尽头，灯光暗淡了，小河也

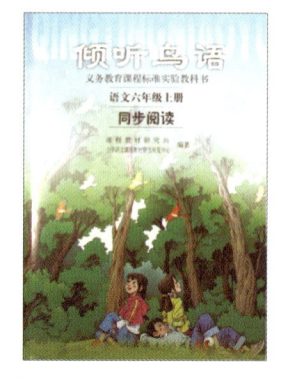

义务教育标准实验教科书
语文 六年级上册 同步阅读
2006年
人民教育出版社

恢复了它本来的面目,平静的水面上闪烁着点点星光。从河里抬头看,只见屋脊参差,深蓝色的天幕上勾勒出它们曲折多变的黑色剪影。突然,一串串晶莹的光点从黑黝黝的屋脊上飞起来,像一群冲天而起的萤火虫,在黑暗中划出一道道暗红的光线。随着一声声清脆的爆炸声,小小的光点变成满天盛开的缤纷礼花,天空和大地都被这满天焰火照得一片通明。已经隐匿在夜色中的古镇,在七彩的焰火照耀下面目一新,瞬息万变,原本墨一般漆黑的屋脊,此时如同被彩霞拂照的群山,凝重的墨线变成了活泼流动的彩光。

最奇妙的,当然是我身畔的河水,天上的辉煌和璀璨,全都落到了水里,平静幽深的河水,顿时变成了一条摇曳生辉、七彩斑斓的光带。随焰火忽明忽暗的河畔楼屋倒映在水里,像从河底泛起的一张张仰望天空的脸,我来不及看清楚他们的表情,他们便在水中消失,当新的一轮焰火在空中盛开时,他们又从遥远的水下泛起,只是又换了另一种表情。这时,从古镇的四面八方传来惊喜的欢呼,天上的美景稍纵即逝,地上的惊喜却在蔓延……

我很难忘记这个奇妙的夜晚,这是一个梦幻般的夜晚,周庄在宁静的夜色中变得像神奇的童话,古镇幽远的历史和缤纷的现实,都荡漾在被竹篙和木橹搅动的水波之中。

一九九九年初夏于四步斋

炊　烟

在人迹罕至的深山密林里，假如看见一缕炊烟……

在饥肠辘辘的旅途中，假如看见一缕炊烟……

也许不会有什么比它更亲切了。那是一种动人的招手，是一种充满魅力的微笑，是一个似曾相识的陌生人，友好地向你挥动着一方柔情的白手绢……

掸落飘在肩头的枯叶，擦了擦额头的汗珠，我终于看见了在远方山坳里的炊烟，它优美地飘动着，无声无息地向我透露着一个质朴的希望。心中的惶乱被它轻轻地抚平了——在深山里走了大半天，饥饿、疲乏、山重水复的怅惘，曾经使我的脚微微地颤抖，步伐也失去了沉稳的节奏……

我急匆匆地走向山坳，走向炊烟。我想象着炊烟下可能出现的情景：大蘑菇似的小木屋，屋里，许是一个白胡子的看林老人，许是一个山泉般水灵的小姑娘，都带着一些童话的色彩……

果然看见两间小木屋了，只是普普通通，不像大蘑菇。

炊烟

选入教材：

义务教育初级中学课本（试用）
语文 第一册
1996年
浙江教育出版社

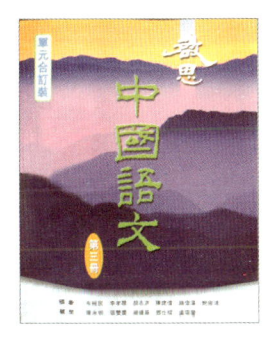

中国语文
第三册
2002年
香港牛津大学出版社（中国香港）

木屋里走出一个胖胖的中年妇女，黑红的脸颊上，洋溢着只有山里人才有的那种健康的光彩。"客人来啦，快进屋里歇吧！"没等我开口，她就笑声朗朗地叫起来。一个矮小的男人应声走出来，这自然是她的丈夫了，他只是微笑着点头，似乎有些腼腆。

"能不能……麻烦买一点吃的？"早已过了吃午饭的时间，我不好意思地问。

"那还要问，坐下，先喝碗茶！"她把我按在一把竹椅上，转身从灶台的铁锅里舀给我一碗热气腾腾的开水，又悄声叮嘱了丈夫几句，那男人一声不吭地走出门去了。

灶台有点脏，她也许怕我看了不好受，找来一块抹布仔细擦了一擦。"山里人邋遢，将就一下啦！"她一边笑着，一边又从水缸里舀水洗那口空着的铁锅，一连洗了三遍。

不一会，那男人拎着满满一篮红薯和芋头回来了，并且已经在山溪中洗得干干净净。她把红薯和芋头倒进锅里，坐到灶背后烧起火来，他不知又到哪里去了。

小木屋里静下来，只有门外的哗啦哗啦的林涛和灶膛里哔剥哔剥的柴火，一起一落

41

地在耳畔响着,协奏出一首奇妙的曲子。我喝着茶,打量着小木屋里的一切:简朴而结实的桌、椅、橱;门背后各种各样的农具;一架亮晶晶的半导体收音机,挂在一张毛茸茸的兽皮边上……这山里的农户,真有点世外桃源的味儿了。

红薯和芋头馋人的香味在小木屋里飘溢起来。"吃吧,爱吃多少就吃多少,只是别嫌粗糙啦。"她把一大盆冒着热气的红薯、芋头放到我面前。

哦,红薯和芋头,竟是那么香,那么甜,不仅抚慰了我的饥肠,也驱除了我的疲乏。这是我一生中最美的午餐之一!

她坐在一边,快活地笑着看我狼吞虎咽,手中,不停地打着一件鲜红的毛衣,毛衣不大,像是孩子穿的。

"你有几个孩子?"

"有两个女儿,到山外读书去了,一个上小学,一个念中学,都寄宿在学校里。我想让她们将来都上大学呢!现在山里人富了,什么也不愁,就指望孩子们有出息。"她笑着回答,语气是颇为自豪的。这小木屋

中学中国语文
描写和抒情 中二单元
2002年
现代教育研究社有限公司
(中国香港)

里，也有着和山外世界同样的憧憬和向往……

吃饱了，歇够了，该继续赶路了。我掏出一些钱给她。

"钱？"她又笑了："这儿不是商店，快放回你的口袋里吧。如果不忘记山里的人，以后再来！"我的脸红了，也不知是为了什么，也许是为了这城里人的习惯……

起身走时，我发现背包变得沉甸甸的，打开一看，竟塞满了黄澄澄的橘子！是他，原来刚才去了橘林。"都是自家种的，带着路上解解渴。"他在一边腼腆地笑着，声音很轻，却诚恳。

我走了。她和他并肩站在门口，不停地向我挥手。

"再来呵！"他们的声音在山坳里回荡……

走远了，小木屋消失在绿色的林涛之中，只有那一缕炊烟，依然优美地在天上飘……再来，也许永远没有机会了，然而我再也不会忘记武夷山中的这一缕炊烟。炊烟下，并没有什么惊心夺魄的传奇故事，却有真诚，有纯朴，有人间最香甜的美餐……

一九八二年秋

蝈　蝈

窗台上挂起一只拳头大小的竹笼子。一只翠绿色的蝈蝈在笼子里不安地爬动着,两根又细又长的触须不时从竹笼的小圆孔里伸出来,可怜巴巴地摇晃几下,仿佛在呼唤、祈求着什么。

"怪了,它怎么不肯叫呢?买的时候还叫得起劲。真怪了……"一位白发老人凑近蝈蝈笼子看了半天,嘴里在自言自语。

老人的孙子和孙女,两个不满八岁的孩子,也趴在窗台上看新鲜。

"它不肯叫,准是怕生。"小女孩说。

"把它关在笼子里,它生气呢!"

小男孩说着,伸出小手去摘蝈蝈笼子。

"小囡家,别瞎说!"老人把笼子挂到小孙子摘不到的地方,然后又说:"别着急,它一定会叫的!"

整整一天,蝈蝈无声无息。两个孩子也差点把它忘了。

蝈蝈

选入教材：

义务教育课程标准实验教科书
语文 七年级 上册
2003 年
湖北教育出版社

  第二天，老人从菜篮里拿出一只鲜红的尖头红辣椒，撕成细丝塞进小竹笼里，"吃了辣椒，它就会叫的。"他很自信。两个孩子又来了兴趣，趴在窗台上看蝈蝈怎样慢慢把一丝丝红辣椒吃进肚子里去。

  整个白天，蝈蝈还是没有吱声，只是不再在小笼子里爬上爬下。夜深人静的时候，蝈蝈突然叫起来，那叫声又清脆又响，把屋里所有的人都叫醒了。

  "听见么，它叫了，多好听！"老人很有点得意。

  两个孩子睡眼蒙眬，可还是高兴得手舞足蹈，把床板蹬得咚咚直响。

  蝈蝈一叫就再也没有停下来，从早到晚，不知疲倦地叫，叫……它不停地用那清脆洪亮的声音向这一家人宣告它的存在，很快，他们就习以为常了。蝈蝈的叫声仿佛成了这个家庭的一部分。

  蝈蝈的叫声毕竟太响了一点。在一个闷热得难以入睡的夜晚，屋子里终于发出了怨言：

  "烦死了，真拿它没办法！"说话的是

孩子的父亲。

"爸爸，蝈蝈为什么不停地叫呢？"

男孩问了一句，可大人们谁也不回答。于是两个孩子自问自答了。

"它大概也热得睡不着，所以叫。"

"不！它是在哭呢！关在笼子里多难受，它在哭呢！"

大人们静静地听着两个孩子的议论，只有白发老人，用只有自己能听见的声音叹息了一声……

早晨醒来时，听不见蝈蝈的叫声了。两个孩子趴在窗台上一看，小笼子还挂在那儿，可里面的蝈蝈不见了。小笼子上有一个整齐的口子，像是用剪刀剪的。

"它咬破了笼子，逃走了。"老人看着窗外，自言自语地说。

一九八四年八月

小鸟,你飞向何方

> 在黄昏的微光里,有那清晨的鸟儿来到了我的沉默的鸟巢里。

我喜欢泰戈尔的诗。还在读中学的时候,泰戈尔就把我迷住了,一本薄薄的《飞鸟集》,竟被我纤嫩的手指翻得稀烂。那些充满着光彩和幻想的诗句,曾多少次拨动我少年的心弦……

《飞鸟集》破损了,我渴望再得到一本。然而,"文革"一开始,这个小小的愿望,竟成了梦想。我的那本破烂的《飞鸟集》,也被人拿去投入街头烧书的熊熊烈火中,暗红色的灰烬在火光里飞舞,飘飘洒洒,纷纷扬扬。我仿佛看见老态龙钟的泰戈尔在火光里站着,烈火烧红了他的白发,烧红了他的银须,也烧红了他的朴素的白袍。他用他那冷峻而又安详的目光注视着这一切,看着,看着,他的神色变了,似有几许惊恐,几许不安,也有几许愤怒,几许嘲讽……

我还是喜欢泰戈尔。在动乱的岁月里，我默默地背诵着他的诗，以求得几分心灵的安宁。"诗人的风，正出经海洋和森林，求它自己的歌声。"我陶醉在他所描绘的大自然中了——那宁静而又浮躁的海洋，那广袤而又多变的天空，那温暖而又清澈的湖泊，那葱郁而又古老的森林……

有一天，我忽然异想天开了：到旧书店去走走，看能不能找到几本好书。结果，当然叫人失望。但，我发现，有时还会有几本"罪当火烧"的书出现在书架上，或许，这是由于店员的粗心吧。于是，我抱着几分侥幸，三天两头往旧书店跑。一个星期天的早晨，我又走进冷冷清清的旧书店。我的目光，久久地在一排排大红的书脊中扫动。突然，我的眼睛发亮了：一条翠绿色的书脊，赫然跻身在一片红色之间。呵，竟是《飞鸟集》！

该不会有另一种《飞鸟集》吧？我不相信自己的眼睛，仔细一看，果真有泰戈尔的名字。随即，我又紧张了，是的，这年头，得而复失的太多了。挤压着《飞鸟集》的一片红色，又使我想起街头那一堆堆焚书的烈

选入教材：

高校文科·电大·业大·刊大
自学高考·写作课程参考读物
精读文萃
1985 年
北京师范大学出版社

当代中国文学
名作选读
1995 年
光明日报出版社

小鸟,你飞向何方

义务教育课程标准实验教科书
同步阅读文库 五年级上册
2005年
北京师范大学出版社

火,那漫天飞扬的纸灰……我赶紧向书架伸出手去。

几乎是同时,旁边也伸出一只手来,两只手,都紧紧地捏住了《飞鸟集》。这是一只瘦小白皙的手,一只小姑娘的手。我转过脸来,正迎上两道清亮的目光——一个中学生模样的小姑娘站在我身旁,抬起脸看着我,白圆的脸上,一双清秀的眼睛眨巴眨巴地闪动着,像一潭清澈见底的泉水,微波起伏,平静中略带点惊讶。

我愣住了,手捏着书脊,不知如何是好。还是她开了口:"你也要它吗?那就给你吧。"声音,清脆得像小鸟在唱歌。

我的脑海里忽然旋起个念头:在这样的时候,她还会喜欢泰戈尔?莫非,她根本不知道这是怎样一本书?于是,我轻轻问道:"你知道,这是谁的书?"

"谁的书!"小姑娘抬起头来,颇有些惊奇地看着我,秀美的眼睛睁得滚圆,转而,开心地笑起来,一边笑,一边做了个鬼脸:"这是一个老爷爷的书,一个满脸白胡子的印度老爷爷。我喜欢他。"说罢,用手做着捋胡子的样子,又格格地笑了。如同平静的池塘里投进了一颗石子,笑声,在静静的店堂里荡漾……

啊,还真是个熟悉泰戈尔的!我多么想和她谈谈泰戈尔,谈谈我所喜欢的那些作家,谈谈几乎已被人们遗忘了的世界呵!然而,这样的年头,这样的场合,这样的谈话肯定是不合时宜的,即便年轻,我还是懂得这一点。小姑娘见我呆呆地不吭声,唰地一下把《飞鸟集》从书架上抽下来,塞到我手中:"给你吧,我家里还藏着一本呢!"没等我做出任何反应,她已经转身去了。我只看见她的背影:一件淡紫色的衬衫,上面开满了白色的小花;两根垂到腰间的长辫,随着她轻快的脚步摆动……

她走了,像一缕轻盈的风,像一阵清凉的雨,像一曲优美的歌……

> 夏天的飞鸟,飞到我窗前唱歌,又飞去了。

旧书店里的那次邂逅,留给我的印象竟是那么强烈。真的,生活中有些偶然发生的事情,有时会深深地刻进记忆中,永远也忘记不了。我不知道那个小姑娘的名字,甚至没有看仔细她的容貌,但,她从此却常常地闯到我的记忆中来了。当我看着那些在街头吸烟、无聊踯躅的青年,心头忧郁发闷的时候,当我读着那些大吹"知识越多越反动"的奇文,两眼茫然迷离的时候，她，就会悄悄地站到我的面前，眨着一对明亮的眼睛，莞尔一笑，把一本《飞鸟集》塞到我手中，然后，是那唱歌一般悦耳的声音："这是一个老爷爷的书，给你吧，我家里还藏着一本呢！"……

她使我惶乱的思想得到一丝欣慰，她使我空虚的心灵得到几分充实。她使我相信：并不是所有的青年人都忘记了世界，抛弃了前人创造的文化，抛弃了那些属于全体人类的美的事物！

有时，我真想再见到这位小姑娘，可是，偌大个城市，哪里找得到她呢？有时，我却又怕见到她，因为，在这些岁月里，有多少纯真的青年人变了，变得世故，变得粗俗，就像炎夏久旱之后的秧苗，失去了水灵灵的翠绿，萎缩了，枯黄了。我怕再见到她以后，便会永远丢失那段美好的回忆。

一次，我在街上走着，迎面过来几个时髦的姑娘，飘拂潇洒的波浪长发，色调浓艳的喇叭裤子，高跟鞋踏得噔噔作响，香脂味随着轻风飘漾。她们指手画脚大声谈笑着，毫无顾忌，似乎故意招摇过市，引得路人纷纷投去惊奇的目光，目光之中，不无鄙视。对那些衣着打扮，我倒并没有反感，只是她们的神态……

我忽然发现，这中间有一张似曾相识的脸——呵，难道是她？是那个在书店遇见的姑娘！真有点像呀！我的心不禁一阵抽搐。我迎上去，想打招呼，她却根本不认识我，连看都不看一眼,勾着女伴的颈脖,嬉笑着从我身边走过去。哦,不是她,但愿不是她,我默默地安慰着自己,呆立在路边,闭上了眼睛……

是的,这绝不会是她。然而,这件小事却给了我心头重重一击。工作之余,我又打开泰戈尔的诗集。泰戈尔,这位异国的诗人,毕竟离我们遥远了,他怎么能回答我们这一代青年人的疑虑和苦恼呢!他的一些含着神秘色彩的诗句,竟使我增添许多莫名的忧愁和烦闷。"有些看不见的手指,如懒懒的微风似的,正在我的心上,奏着潺缓的乐声。"可"我知道我的忧伤会伸展开它的红玫瑰叶子,把心开向太阳!"

冬天的小鸟啾喞着,要飞向何方?

历尽了一场肃杀的寒冬,春天来了。经过冰雪的煎熬,经过风暴的洗礼,多少年轻的心灵复苏了,他们告别了愚昧,告别了忧郁,告别了轻狂,向光明的未来迈开了脚步。就像泥土里的种子,悄悄地萌发出水灵灵的嫩芽,使劲顶出地面,在春风春雨里舒展开青翠的枝叶……

恍若梦境,我竟考上了大学。去报到之前,我清理着我的小小的书库,找几本心爱的书随身带着,第一本,就想到了《飞鸟集》。呵,她在哪里呢?那个许多年前在书店里遇见的小姑娘！此刻，即使她站到我面前，我大概也不会认识她了，可是，我多么想知道，她在哪里……

人流，长长不断的人流，浩浩荡荡涌向校门。我随着报到的人群，慢慢地向前走着。不知怎的，我仿佛有一种预感——在这重进校门的队伍中，会遇见她。于是，我频频四顾，在人群中寻找着。

一次又一次，我似乎见到了她——她背着书包走过来了，脚步，已不似当年轻盈，却稳重了，坚定了；身上，还是那一件淡紫色的衬衫，上面开满了白色的小花；两根垂到腰间的长辫，轻轻地晃动着……

这不过是幻觉而已，我找不到她。在这支源源不绝的人流里，有那么多的小伙，那么多的姑娘，哪有这样巧的事情呢。可是，我的心头还是涌起了几分惆怅，眼前，仿佛又掠过几年前在街头见到的那一幕……

有人撞到我的脚跟上，我一下子从沉思中惊醒。身边，是笑声，是歌声，是脚步声。我不禁哑然失笑了。脑海中，突然跳出几行不知是谁写的诗句来：

> 你呀，你呀，何必那么傻，
> 经过一场风寒，就以为万物肃杀。
> 闻一闻风儿中春的芳馨吧，
> 生活，总要向美好转化！

我抬起头来,幽蓝的天空,辽远而又纯净——这是春天的晴空呵!一群又一群鸟儿从远方来了,它们欢叫着,扇动着翅膀,划过透明的青天,飞呵,飞呵,飞……

一九八〇年初春

在急流中

贝江，从迷蒙的深山中流出来。湍急的流水，在曲折的河道中卷着浪花，打着旋涡，一路鸣响着奔向远方。

轮船顺流而下，江水拍击船舷，溅起一排排水花。我站在船头，以悠闲的心情欣赏周围的风景，江两岸是绿荫蓊翳的青山，山坡上覆盖着翠竹和杉树，还有杜鹃。我想，若是在春天，漫山遍野的杜鹃盛开时，一定会美得惊人。

我向前方望去，只觉得眼帘中一亮。急流汹涌的江面上，远远地出现了一只小筏子，就像一只灵巧的小蜻蜓，落在水里拼命挣扎着逆流而上。划竹筏的好像是一个女人，因为远，看不清她的面容，只见她双手不停地划桨，驾驭着筏子，灵巧地避开浅滩和礁石，在湍急多变的江水中曲折前行。她的身后背着一个红色的包裹，远远看去，像一朵随波漂流的红杜鹃。

很快，小筏子就到了大船的跟前。划竹筏的，竟是一个年轻的少妇，她的神色安详，平静的目光注视着前方。她身后的红包裹，原来是一个襁褓，她是背着自己的孩子在江上赶路。我向她挥手，她朝我微笑了一下，脸上泛起一片红晕，马上又将目光投向江面，双手奋力划桨，继续在急流中探寻安全的通道。我发现，襁褓中的孩子将脑袋靠在母亲的肩膀上，正在酣睡，筏子上的颠簸和江上的惊险，他居然一无所知。

小筏子和大船擦肩而过，我们的相逢只在一个瞬间。在这个瞬间里，我感到惭愧。我，一个游山玩水者，悠闲地站在平稳的大船上欣赏风景，而她，一个背负儿女的母亲，却驾着小小的筏子在急流中搏斗。

回头看，那小筏子很快便消失在远方，只有那簇耀眼的红色，在水烟迷蒙的江面上一闪一闪，像一簇不熄的火苗……

在贝江上见到的这一幕，我很难忘记。急流中那位驾筏少妇安详的神态，坚定的眼神，奋力划桨的动作，还有她那在襁褓中安睡的孩子，这一切，组合成一幅感人的图画，留存在我的记忆中，再也不会消失。在城市

选入教材：

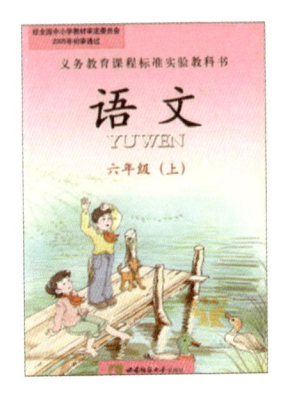

义务教育课程标准实验教科书
语文 六年级（上）
2005年
西南师范大学出版社

人声喧嚣的天地里,有几个人能像她那样勇敢沉着地面对生活的急流呢?

二〇〇〇年一月十一日记于广西柳州

三月十七日写于上海

致 大 雁

一

在澄澈如洗的晴空里,你们骄傲地飞翔……
在乌云密布的天幕上,你们无畏地向前……
在风雨交加的征途中,你们欢乐地歌唱……
秋天——向南;春天——向北……
仰起头,凝视你神奇的雁阵,我总会有一阵微微的激动,有许多奇妙的联想,有一些难以得到解答的疑问……
大雁呵,南来北去的大雁,你们愿意在我的窗前小作停留,和我谈谈么?

二

有人说你们怯懦——
是为了逃避严寒,你们才赶在第一片雪花飘落之前,迎着深秋的风,匆匆地离开北国,飞向南方……

致大雁

选入教材：

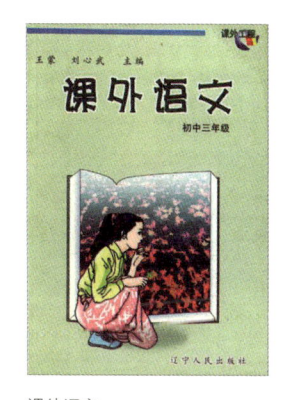

课外语文
初中 三年级
2000年
辽宁人民出版社

大语文
初中 一年级
2002年
中国大百科全书出版社

　　是为了躲开酷暑，你们才赶在夏日的炎阳烤焦大地之前，浴着暮春的雨，急急地离开南方，飞向北国……

　　是怯懦么？

　　为了这一份"怯懦"，你们将飞入漫长而又曲折的征途，等待你们的，是峻峭的高山，是茫茫的森林，是湍急的江河，是暴风骤雨，是惊雷闪电，是无数难以预料的艰难和险阻……然而你们起程了，没有半点迟疑，没有一丝畏缩，昂起头颅，展开翅膀，高高地飞上天空，满怀信心地遥望着前方……

　　是什么力量，驱使你们顽强地做着这样长途的飞行？是什么原因，使你们年年南来北往，从不误期？

　　是曾经有过的山盟海誓的约会吗？

　　是为了寻找稀世的珍宝么？

　　告诉我，大雁，告诉我……

三

　　如果可能，我真想变成一片宁静的湖泊，铺展在你们的征途中。夜晚，请你们停留在我的怀抱里,我要听听你们的喁喁私语,听你们倾吐遥远的思念和向往,诉说征程中的艰辛和欢乐……

如果可能,我也想变成一片摇曳着绿荫的芦苇荡,欢迎你们飞来宿营。也许,当我的温柔的绿叶梳理过你们风尘仆仆的羽毛,掸落你们翅膀上的雨珠灰土之后,你们会向我一吐衷曲,告诉我许多不为世人所知的隐秘和奇遇……

当然,我更想变成你们中间的一员,变成一只大雁。我要紧跟着你们勇敢的头雁,看它是如何率领着雁阵远走高飞的。我要看看——

在扑面而来的狂风之中,你们是如何尖厉地呼号着,用小小的翅膀,搏击强大的风魔……

在倾盆而下的急雨之后,你们是如何微笑着抖落满身水珠,重新窜入云空……

在突然出现的秃鹫袭来之时,你们是如何严阵以待,殊死相搏……

我要看看,在你们的战友牺牲之后,你们是如何痛苦地徘徊盘旋,如何伤心地呜咽

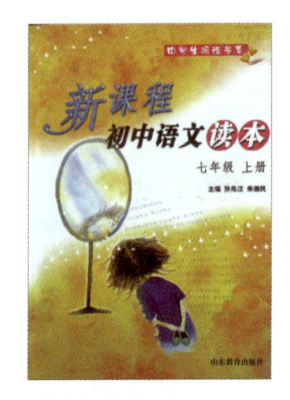

新课程初中语文读本
七年级 上册
2004年
山东教育出版社

生本教育体系实验教材
语文 第10册
2006年
教育出版社有限公司(中国香港)

悲泣。也许，你们会允许我和你们一起，围着那至死仍做展翅高飞状的死者，洒下一行崇敬的眼泪……

四

猛烈凶暴的飓风和雷电，曾经使你们的伙伴全军覆灭。——在进行了悲壮的搏斗后，天空里一时消失了你们的队列，消失了你们的歌声，广阔无垠的原野上，撒满了你们的羽毛；奔腾起伏的江河里，漂浮着你们的躯体……

我知道你们曾悲哀，你们曾流泪，然而你们会后悔么？你们会因此而取消来年的旅程，因此而中断你们的追求么？

不会的！不会的！

当春风再度吹绿江南柳丝的时候，你们威严的阵容，便又会出现在辽阔的天幕上，向北，向北……

当秋风再度熏红塞外柿林的时候，你们欢乐的歌声，便又会飘荡在湛蓝的晴空里，向南，向南……

你们怎么会后悔呢！你们的追求，千年万载地延续着，从未有过中断！

我想象着你们刚刚啄破蛋壳的雏雁，当你们大张着小嘴嗷嗷待哺的时候，也许就开始聆听父母叙述那遥远的思念，解释那永无休止的迁徙的意义了。而当你们第一次展开腾飞的翅膀，父母们便要带着你们去长途跋涉……

我想象着你们耗尽了精力的老雁，当秋风最后一次抚摸你们衰弱的翅膀,当大地最后一次向你们展示亲切的面容,当后辈们诀别你们列队重上征程,你们大概会平静地贴紧了泥土,安心地闭上眼睛的——你们是在追求中走完了生命之路呵!

大雁,渺小而又不凡的候鸟家族呵,请接受我的敬意!

五

雁阵又出现在湛蓝的晴空里。

我站在地上,离你们那么遥远,然而我觉得离你们很近。我的思绪,常常会跟着你们远走高飞……真的,我真想像你们一样,为了心中的信念,毕生飞翔,毕生拼搏。

一九八二年春

假如你想做一株蜡梅

果然,你喜欢那几株蜡梅了,我的来自南方的朋友。

你的钦羡的目光久久停留在我的书桌上,停留在那几株刚刚开始吐苞的蜡梅上。你在惊异:那些看上去瘦削干枯的枝头,何以竟结满密匝匝的花骨朵儿?那些看上去透明的、娇弱无力的淡黄色小花,何以竟吐出如此高雅的清香?那清香不是静止的,它无声无息地在飞,在飘,在流动,像是有一位神奇的诗人,正幽幽地吟哦着一首无形无韵然而无比优美的诗。蜡梅的清香弥漫在屋子里,使我小小的天地充满了春的气息,尽管窗外还是寒风呼啸、滴水成冰。我们都深深地陶醉在蜡梅的风韵和幽香之中。

你久久凝视着蜡梅,突然扑哧一声笑起来。

"假如下一辈子要变成一种植物的话,我想做一株蜡梅。你呢?"

你说着笑着就走了,却留给我一阵好想。假如,你真的变成一株蜡梅,那会怎么样呢?我默默地凝视着书桌上那几株蜡梅，它们仿佛也在默默地看我。如果那流动的清香是它们的语言的话，那它们也许是在回答我了。

好，让我试着来翻译它们的语言，你听着——

假如你想做一株蜡梅，假如你乐意成为我们家属中的一员，那么你必须坚忍，必须顽强，必须敢于用赤裸裸的躯体去抗衡暴风雪。你能么？

当北风在空旷寂寥的大地上呼啸肆虐，冰雪冷酷无情地封冻了一切扎根于泥土的植物，当无数生命用消极的冬眠躲避严寒的时候，你却应该清醒着，应该毫无畏惧地伸展出光秃秃的枝干，并且要把毕生的心血都凝聚在这些光秃秃的枝干上，凝结成无数个小小的蓓蕾，一任寒风把它们摇撼，一任严霜把它们包裹，一任飞雪把它们覆盖……没有一星半瓣绿叶为你遮挡风寒！你能忍受这种煎熬么？也许，任何欢乐和美都源自痛苦，都经历了殊死的拼搏，但是世人未必都懂得这个道理。

假如你想做一株蜡梅，你必须具备牺牲

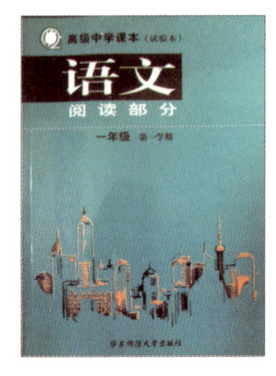

选入教材：

高级中学课本（试验本）
语文阅读部分
一年级第一学期
2002 年
华东师范大学出版社

配合新课程标准半小时阅读
九年级
2006 年
浙江少年儿童出版社

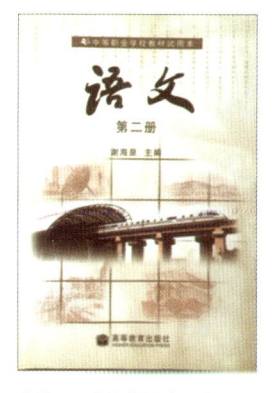

精神，必须毫无怨言地奉献出你的心血和生命的结晶。你能么？

当你历尽千辛万苦，终于迎着风雪开放出你的小小的花朵，你一定无比珍惜这些美丽的生命之花。然而灾祸常常因此而来。为了在万物肃杀时你的一枝独秀的花朵，为了你的预报春天信息的清香，人们的刀斧和钢剪将会无情地落到你的身上。你能承受这种牺牲么？也许，当你带着刀剪的创痕进入人类的厅堂，在一只雪白的瓷瓶或者一只透明的玻璃瓶里默默完成你生命的最后乐章时，你会生出无穷的哀怨，尽管有许多人微笑着欣赏你，发出一声又一声由衷的赞叹。如果人们告诉你：奉献和给予是一种莫大的幸福，你是不是同意呢？

假如你想做一株蜡梅，你必须忍受寂寞，必须习惯于长久地被人们淡忘冷落。你能么？

请记住，在你的一生中，只有结蕾开花的那些日子你才被世界注目。即便是花儿盛开之时，你也是孤零零的，没有别的什么花卉愿意和你一起开放，甚至没有一簇绿叶陪伴你。"好花须得绿叶扶",这样的格言与你毫不相干。当冰雪消融,当温暖的春风吹绿了世界,当万紫千红的花朵被水灵灵的绿叶扶衬着竞相开放,你的花儿早已谢落殆尽。这时候,人们便忘记了你。春之圆舞曲是不会为你奏响的。

假如你问我:那么,你们何必要开花呢?

我要这样回答你:我们开花,绝不是为了炫耀,也不是为了献媚,只是为了向世界展现我们的风骨和气节,展现我们对生命意义的理解。当然,我们的傲骨里也蕴藏着温柔的谦逊,我们的沉默中也饱含着浓烈的热情。这一切,人们未必理解。你呢?

我把做一株蜡梅的幸与不幸、欢乐与痛苦都告诉你了。现在,请你告诉我,你,还想不想做一株蜡梅。

哦,我的南方的朋友,我把蜡梅向我透露的一切,都写在这里了。当你在和煦的暖风里读着它们,不知道你还会不会以留恋的心情,想起我书桌上那几株蜡梅。此刻,北风正在敲打着我的窗户,而我的那几株蜡梅,依然在那里默默地绽蕾,默默地吐着清幽的芬芳……

三峡船夫曲

谁也无法用一句话概括三峡水流的特点。浩浩荡荡的长江挤进窄窄的夔门之后,脾气便变得暴躁、凶险、喜怒无常,不可捉摸了。你看那浑浊湍急的流水,时而惊涛迭起,时而浪花飞卷,时而一泻千里如狂奔的野马群,时而又在峡壁和礁石间急速地迂回,发出声震峡谷的呐喊。有时候,水面突然消失了波浪,像绷得紧紧的鼓皮,然而这绝不是平静的象征,在这层鼓皮之下,潜伏着危险的暗礁和急流。而最多、最可怕的,是旋涡,像无数大大小小的眼睛,在起伏的江面滴溜溜地打转,到处都闪烁着它们那险恶的不怀好意的目光……

你想想那些三峡船夫吧,驾着一叶扁舟,靠手中的竹篙、木桨,要征服狂暴不羁的江水,那该是何等惊心动魄的景象。其惊险的程度,绝不亚于在黄河上驾羊皮筏子,不亚于在大渡河的急流中放木排。

第一次见到三峡中的船夫是在水流湍急的西陵峡,那是一条摆渡船，尽管距离很远，看不真切，但那拼命搏斗的紧张气氛，还是强烈地震撼了我的心。小船横在江中，看上去那么小，小得就像一片枯叶、一根稻草，似乎每一个浪头都能吞没它。船上一前一后两个船工，每人操一支桨，一个在右，一个在左，拼命地划着。只见他们身体前倾，像两把坚韧的强弓，两支桨齐刷刷地落下去，飞起来，落下去，飞起来，仿佛一对有力的翅膀，不断地拍打着波涛滚滚的江面，在气势磅礴的峡江中，他们的翅膀是太微不足道了，随时都有折断的可能，他们能飞过去吗？然而我的担心多余了，没等我们的轮船靠近，小木船已经到了对岸……

在巫峡，遇到一只顺流而下的小划子，那情景更是惊心动魄。小划子远远出现了，像一只小小的黑甲虫，急匆匆地、慌里慌张地贴着江面爬过来——说它急匆匆，是因为它速度极快；说它慌里慌张，是因为它走得毫无规律，一忽儿左，一忽儿右，常常莫名其妙地拐弯绕圈子。很快就看清楚了，小划子上头，稳稳地站着一位手持长篙的船夫，

选入教材：

高中语文课本
语文 高一下册
1992 年
上海教育出版社

船中端坐着六位乘客，船尾还有一位船夫，一手扶一把既像橹又像舵的尾桨，一手掌一支木桨。小划子在急流和波谷浪山中灵巧地滑行，时而从浪的缝隙中穿过，时而又攀上高高的潮头。真是冒险呵，这单薄的可怜的小划子，在急流中箭一般冲下来，根本无法停住，随时都可能撞碎在峡壁礁滩上，随时都可能卷入连接不断的旋涡中，随时都可能被大山一般的浪峰一口吞没，被巨剑一般的急流拦腰砍断……船夫却镇静得如履平地。那位在船头手持长篙的船夫纹丝不动地站着，像跃马横枪，率领着万千兵马冲锋陷阵的大将军，又像剽悍勇猛的牧人，扬鞭策马，驱赶着一大群狂奔狂啸的黄色野马。野马群发狂般地撞他、挤他、踢他、咬他，想把他从坐骑上拉下来，然而终于无法得逞。有时候，飞速前进的小划子眼看要撞到凸出的峡岩上，只见他挥舞竹篙奋力一点，小划子便轻轻一转，转危为安。船尾那位船夫要忙一些，他不时划动双桨，巧妙地改换着前进的方向，在变化无穷的急流中觅得一条安全的航线。而那六位舱中的乘客，一个个正襟危坐，一动不敢动。我看不清他们的表情，但我能想见他们脸上惊慌的神色。在航行中，他们是不许有任何动作的，任何微小的颤动，都可能使小划子因为失去平衡而翻覆。如果遇到不安分的乘客在舱里乱动，船夫的竹篙会狠狠地当头打来，打得头破血流也是活该。倘若你不服，继续捣乱，船夫就要大喝一声，毫不留情地用竹篙把你戳下水去，这是捏着性命在凶恶的急流中搏斗呵！小划子在轰隆隆的水声中一晃而过，很快就消失在峡谷的拐弯处。我凝视着起伏不平的江面，一遍又一遍回想着船夫在万般艰险中镇定自若的姿态，心里怎么也平静不下来。无数旋涡，在小划子经过的航道上打着转转，这些永远不会安然闭上的不怀好意的眼睛，似乎正在狡猾地眨动着，还在用谁也无法听懂的语言描绘着水底下的秘密。哦，只有三峡船夫懂得这些语言！我知道，在三峡中行船，除了勇敢，除了沉着，最关键的，还是对航道和水流的熟悉。据说，在三峡驾驭小划子的船夫，对水底的每一块礁石，每一片浅滩，都是了如指掌。为了摸清水底的状况，为了在极其复杂的急流中寻到一条能被小木船通过的安全之路，一定有不计其数的船夫付出了生命的代价！

  西陵峡有一块巨大的礁石，兀立在滚滚急流中，奔泻的潮水整天凶狠地拍打着它，飞溅起漫天雪浪，小船如果撞上去，非粉身碎骨不可。这礁石有一个奇怪的名字："对我来"。当浪花散开，人们就会看到"对我来"三个大字，惊心触目地刻在这块礁石上，这礁石周围的水流险恶而奇特，小船从它身旁经过时，倘若想绕开它，结果总是适得其反，船儿会不可阻挡地向礁石一头撞去，撞得船碎人亡。如果顺急流迎面向礁石冲去，不要躲避它，不要害怕它，船到礁石前,却能顺利地拐个弯从旁边擦过。不过,这千钧一发的险象,懦夫是绝对不敢经历的,只有三峡船夫们,才敢驾着轻舟勇敢地向扑面而来的浪中礁石冲去。"对我来"这三个字,一定是无数船夫用生命换来的经验。也许,可以这样说,小木船在三峡急流中那些曲折而又惊险的航道,是船夫们用智慧,用勇气,用尸骨一米米开拓出来的!

对三峡船夫来说,最为可怕的,大概莫过于暴风雨和洪峰了。突然袭来的暴风雨,能把江面搅得天翻地覆,在被暴风雨鞭打着的惊涛骇浪之中,小舟子是很难掌握自己的命运的,如果来不及靠岸躲避,便有可能在暴风雨中葬身江底。假如遇上洪峰,那几乎是无法逃脱的,几丈高的洪峰,像一堵巍巍高墙从上游呼啸着压下来,没有任何东西能够抗拒它、阻挡它,它是船夫们的冷酷无情的死神。然而,奇迹并不是没有发生过,曾经有一些技术高超、勇气过人的船夫,在洪峰扑近的刹那间,驾着小舟瞅准浪的缝隙飞上高高的洪峰之巅,硬是从死神的头顶越了过去……当然,这些都是旧话了,随着科学技术的发展,天气预报和水情预报越来越准确,三峡船夫们再不会去冒这种风险了。

船近神女峰时,所有人都仰头看那位在云里雾里默默地站了千年万年的神女,然而山顶上云飞雾绕,什么也看不清。正在遗憾的时候,突然有人对着前方的江面大叫起来！

"看！小船！女的！"

神女峰下，一只两头尖尖的小划子正在急流中过江，划船的是一位身穿粉红色衬衫的少女，只见她右手划桨，左手掌舵，不慌不忙地向对岸划着，那悠然而又优美的姿态，使所有目击者都惊呆了——这也是三峡船夫么？这也是在险恶的峡江中拼命搏斗的勇士么？然而怀疑是可笑的，小划子在神女峰对面的一片石滩上靠岸了，划船的少女站在一块白色的石岩上，有力地向我们的轮船挥了挥手……

挥一挥手，挥一挥手，向勇敢的三峡船夫挥一挥手吧，但愿他们能在我的挥手之中感受到钦佩和敬意。是的，我从心底里深深地向三峡的船夫们致敬，他们，不仅征服了狂放不羁的长江三峡，而且把人类和大自然那种惊心动魄的搏斗，化成了优美的诗篇。他们是真正的诗人。

晨昏诺日朗

落日的余晖淡淡地从薄云中流出来，洒在起伏的山脊上。在金红色的光芒中，山脊上那些松树的轮廓晶莹剔透，仿佛是宝石和珊瑚的雕塑。眼帘中的这种画面，幽远宁静，像一幅辉煌静止的油画。

汽车在无人的公路上疾驶，我的目标是诺日朗瀑布。路旁的树林里突然飘出流水的声音。开始声音不大，如同一种气韵悠长的叹息，从极遥远的地方飘过来。声音渐渐响起来，先是如急雨打在树叶上，嘈杂而清脆；继而如狂风卷过树林时发出的呼啸；很快，这响声便发展成震天撼地的轰鸣，给人的感觉是路边的丛林中正奔跑着千军万马，人马的嘶鸣和呐喊从林谷中冲天而起，在空气中扩散、弥漫，笼罩了暮色中的天空和山林……绿荫中白光一闪，又一闪。看见了大瀑布！从车上下来，站在路边，远处的诺日朗瀑布浩浩荡荡地袒露在我的眼底。大瀑布离公路不到一百米，瀑布从一片绿色的灌木丛中流出来，突然跌入深谷，形成一缕缕雪白的水帘，千姿百态地垂挂在宽阔的绝壁上，深谷中，飞扬起一片飘忽的水雾。也许是想象中的诺日朗太雄伟，眼前这瀑布，宽则宽矣，然而那些飘然而下的水帘显得有些单薄，有些柔美，似乎缺乏了一些壮阔的气势。只有那水的轰鸣，和我的想象吻合。那震撼天地的声响，是水流在峭壁和岩石上撞击出的音乐，这音乐雄浑、粗犷、带着奔放不羁的野性，无拘无束地在山林里荡漾回旋。

诺日朗，在藏语中是雄性的意思。当地藏民把这瀑布称之为诺日朗，大概是以此来象征男子汉的雄健和激情。人世间有这样永远倾泻不尽的激情么？很想沿着林中的小路走近诺日朗，然而暮色已重，四周的一切都昏暗起来。远处的瀑布有些模糊了，在轰鸣不绝的水声中，在水雾弥漫的幽暗中，那一缕缕白森森飘动的水帘显得朦胧而神秘，使人感到不可亲近……晚上，住在诺日朗宾馆。躺在床上无法入睡，窗外飘来各种各样的声音，有风吹树叶的沙沙声，有山涧流水的哗哗声，有秋虫优美的鸣唱……我想在这一片

选入教材：

高级中学课本
语文 一年级第二学期（试用本）
2007 年
华东师范大学出版社

天籁中分辨出诺日朗瀑布的咆哮，却难以如愿。大瀑布那震天撼地的声音为什么传不过来？也许是风向不对吧。

第二天清早，天刚微亮，群山和林海还在晨雾的笼罩之中，我便匆匆起床，一个人徒步去诺日朗。路上出奇的静，只有轻纱似的雾气，若有若无地在飘。忽听背后得得有声，回头一看，是两匹马，一匹雪白，一匹乌黑，正悠然自得地向我走过来。这大概是当地藏民养的马，但却不见牧马人。两匹马行走的方向也是往诺日朗，我和它们并肩而行时，相距不过一米。两匹马并没有因为遇见生人而慌乱，目不斜视，依然沉静而平稳地踱步，姿态是那么优雅，仿佛是飘游在晨雾中的一片白云和一片黑云。到诺日朗瀑布时，两匹马没有停步，也没有侧目，仍旧走它们的路，我在轰鸣的水声中目送两匹马飘然远去，视野中的感觉奇妙如梦幻。

诺日朗又一次袒露在我的眼前。和夕照中的瀑布相比，晨雾中的诺日朗显得更加阔大，更加雄浑神奇。瀑布后面的群山此刻还隐隐约约藏在飘忽的云雾之中，千丝万缕的水帘仿佛是从云雾中喷涌倾泻出来，又像是从地底下腾空而起的无数条白龙，龙头已经钻进云雾，龙身和龙尾却留在空中，一刻不停拍打着悬崖峭壁……

沿着湿漉漉的林间小道，我一步一步走近诺日朗。随着和大瀑布之间的距离不断缩短，那轰鸣的水声也越来越大，迎面飘来的水雾也越来越浓。等走到瀑布跟前时，头发、脸和衣服都湿了。这时抬头仰观大瀑布，才真正领略到了那惊天动地的气势。云雾迷蒙的天上，仿佛是裂开了一道巨大的豁口，天水从豁口中汹涌而下，浩浩荡荡，洋洋洒洒，一落千丈，在山谷中激起飞扬的水花和震耳欲聋的回声。此时诺日朗的形象和声音，吻合成一个气势磅礴的整体。站在这样的大瀑布面前，感觉自己只是漫天飘漾的水雾中的一颗微粒。我想起许多年前在雁荡山看瀑布时的情景，站在著名的大龙湫瀑布跟前，产生的联想是在看一条巨龙被钉在崖壁上挣扎。此刻，却是群龙飞舞，自由的水之精灵在宁静的山谷中合唱出一曲震撼天地的壮歌，使人的灵魂为之战栗。面对这雄浑博大、激情横溢的自然奇景，人是多么渺小，多么驯顺！

然而大瀑布跟前实在不是久留之地，因为空气中充满浓密的水雾，使人难以呼吸。赶紧往后退，退入林间小道。走出一段再往后看，诺日朗竟然面目一新；奔泻的瀑布中，闪射出千万道金红色的光芒，这是从对面山上射过来的早霞。飘忽的水雾又把这些光芒糅合在一起，缤纷迷眩地飞扬、升腾，形成一种神话般的气氛……这时，远处的山路上传来欢跃的人声。是早起的游人赶来看瀑布了。

上午坐车上山时，绕过诺日朗背后的山坡，只见三面青山环抱着一大片碧绿的湖水，平静的湖水如同一块硕大无朋的翡翠，绿得透明而深邃，使人怀疑这究竟是不是水。当地的藏民把这样的高山湖泊称为"海子"。陪我来的朋友指着一湖碧水，不动声色地告诉我："这就是诺日朗。"

　　这就是诺日朗？实在难以把这一片止水和奔腾咆哮的大瀑布连在一起。朋友说的却是事实。三面环山的海子有一面是长长的缺口，这正是大瀑布跌落深谷的跳台，也就是我在谷底仰望诺日朗时看到的那道云雾天外的豁口。走近海子，我发现清澈见底的湖水正在缓缓流动，方向当然是那一道巨大的豁口。这汇集自千峰万壑的高山流水，虽然沉静于一时，却终究难改奔腾活泼的性格，诺日朗瀑布，正是压抑后的一次爆发和喷泻。只要这看似沉静的压抑还在，诺日朗的激情便永远不会消退。

青　鸟

下了一夜大雪。天刚亮，透过镶满冰凌花的窗玻璃向外看，只见一片耀眼的白色。红色的砖墙，青灰色的屋脊、墨绿色的柏树枝，全都变白了，仿佛世界上所有的色彩都融化在这单调的白色里。北风在低低地吼叫，窗台上的积雪飞着，飘着，似在炫耀雪天的寒冷……

门缝里，悄然塞进一张沾着雪花的报纸来。是那个年轻的女邮递员，冰天雪地的，她还是这么早就来了。我打开门，她已经远去，那绿色的背影在晶莹的白雪之中晃动着，显得分外鲜亮。雪地上，留下一行深深的脚印，弯弯曲曲，高高低低，从这一家门口，通向那一家门口……

我捧着报纸，却看不下一行，那一团鲜亮的绿色，老是在我的眼前晃动、跳跃、飞翔，它仿佛化成了一只翩然振翅的鸟，飘飘悠悠地向我飞过来……

……绿色的鸟，在广袤的田野里飞着。近了，近了原来是一位送信的老人，骑着自行车急匆匆地过来了。他的

选入教材：

新加坡初中二年级语文课本
1998年

语文 初中二年级

教育出版社（新加坡）

脸是深褐色的，长年在旷野里奔波的乡邮员大多这样，只是他的脸上还刻着深深的皱纹。他的一身绿制服已经洗得很旧，只有车上挂着的那只邮袋还是绿得那么鲜亮。

"小伙子，这是你的信吧？想家吗？"当他第一次把信送到我手里时，微笑着轻轻问了一句。不知怎的，这位老乡邮员，一见面就使我感到亲切，在他善意的微笑里，在他的关切的询问中，我看见了一颗充满着同情和关怀的长者之心。

这是一个沉默寡言的老人，在农村送了几十年信。每天，他的自行车铃声在田埂上一响，田里干活的人便围了上去。于是他便开始默默地分发信件，只是偶尔关照几句。他不仅能叫出方圆几十里地的人多数人的名字，还了解每家每户的情况呢。人们亲切地叫他老张头。他管送信，也兼管寄信。社员们发信，寄包裹，都拜托他。每每一圈跑下来，他的邮袋非但不空，反而装得更鼓了。逢到雨天，乡间的泥路便不能骑车了。这种时候，老张头要迟一点来。他穿着一件宽大的雨衣，背着一个沉甸甸的大邮袋，背脊稍稍佝偻，竟显得十分矮小。尽管总是一脸雨，一脸汗，一身污泥，急匆匆的步子常常吃力而又蹒跚，然而他却从来没有耽误过一次。这几十里泥路，实在是够他受的。

那时候，信，是我生活中多么重要的内容呵。在那些小小的信封里，装着亲人们的问候，装着朋友人们友情，也装着我的秘密——远方，有一个善良而又倔强的姑娘，不顾亲友的反对，悄悄地、不附加任何条件地把她最纯真的初恋给了我。她在都市，我在乡村，在许多人眼里，这不啻有天壤之别。有了她，我的生活中的劳累、艰辛，仿佛都容易对付了。像所有在初恋中的青年人一样，我激动、陶醉，常常陷入幸福的遐想……这一切，都是她的那些热情的信给我带来的。而所有的来信，又都是通过这位老邮递员送到我手中的。下乡不多几天我就深深地感觉到，这位送信的老人，对于我是何等的重要！每天，我都急切地盼望着，盼望着他的绿色的、瘦小的身影出现在那条被刺槐树阴掩隐的小路上。那心情，就像远航在大洋上的水手盼望着从空蒙的海面上升起飘忽朦胧的海岸，就像跋涉在沙漠里的旅人盼望着从荒寂的黄丘中露出郁郁葱葱的绿洲。每次见到他，我的心总会扑通扑通地跳起来，血也仿佛会流得更快：今天，会有她的信吗？……

这一切，这送信的老人想来是不会知道的，他每天要投送成百上千封信呵。他的表情好像有点麻木，密密的皱纹里，似乎流淌着几丝忧悒。然而对我，他却总是特别关注一点，每次把信送到我手里时，他会朝着我友好地点头一笑。日子久了，我觉得他那一笑似乎变得意味深长了。这笑里，有关心，有赞许，也有鼓励，有时他还会笑着轻轻地对我说一句："又来了。"又来了？是她又来了！哦，这老人，仿佛已经知道了我的秘密。或许，在那些右下角印着金色小鸟的相同的信封上，在信封上那娟秀的字迹里，在那个固定不变的寄信人的地址中，他隐约窥见了我的秘密。

人与人的了解，真是一件难以捉摸的事情。有些人整天厮混在一起，海阔天空，无所不谈，过后细细一想，却仍然有一层烟雾笼罩着，只能看出一个模糊不清的轮廓。而有些人交流甚少，只是一次偶然的邂逅，只是寥寥几句对话，甚至只是无声的一瞥，留在你心中的印象，却鲜明而又亲切，历久而难忘。这送信的老张头，我和他几乎没有说上过一句囫囵的话，每天，当他把信送到我手中时，我们只是点点头打个招呼，我却感觉到，他是了解我的，包括我内心的秘密。这个善良的老人，他同情我，关心我，也喜欢我那远方的姑娘，把自己的爱情献给一个插队在乡下的孤独的知青，他赞赏这种爱情。他的眼神，他的微笑，明确地告诉我这所有的一切。

我觉得，在我们无声的交流中，有一种信任，有一种心灵的默契。倘若他问我，我决不会对他有任何隐瞒的，所有的过程,所有的细节,我都愿意向他和盘托出。然而他从不问我。

　　有时几天收不到她的信,我便会着急起来,老张头送信离开时,我总是一个呆呆地站在田头,那模样大概很失落很可怜。"不要急。"他用简短的三个字安慰我。有一次,见我太失望,他轻轻地拍了拍我的肩膀,低声说:"送你两句诗,怎么样?"我很吃惊,他也懂诗?"两情若是久长时,又岂在朝朝暮暮。"他笑着说出了秦少游的两句词,转身上车,朝我挥了挥手。他的绿色背影消失在远处,他的声音却久久萦绕在我耳边,像一股清凉的泉水,缓缓流进我焦虑的心,使我平静下来。

　　月有阴晴圆缺,爱情,也总是曲折的。晴朗的天空会突然飘过乌云,平静的水面会随风漾动波澜……因为一些小小的误会,远方的姑娘竟和我赌气了,一连一个多月没有来信。这似乎是一次真正的危机,我陷入极大的苦恼之中。老张头知道我的心思,每天来到田头,他总是凝视我,然后意味深长地点点头。他没有说一句安慰我的话,但从他的表情中,我能感觉到他深切的同情和真挚的关心。他的目光,分明在对我说:"要经受住考验。"

　　就在这时,老张头突然退休了。听人说,他身体不好。这一带的邮递员换上了一个骑摩托车的小伙子。正是初春,连着下了很多天雨,摩托车无法在泥泞的乡间小路上行驶,那小伙子竟然好几天没有来送信。在老张头上班时，从来没有发生过这样的事情。那正是乱哄哄的年头，乡村的邮局大概也没有人管，社员们都骂开了。那天正在田里干活，忽然有人叫起来："老张头！老张头回来了！"我抬头一看，果然，在那条槐荫摇曳的小路上，老张头慢慢地走过来了。他还是穿着那件洗得发了白的绿色制服，肩上背着一个沉甸甸的大邮袋。一个多月不见，他看上去竟老了许多，背脊比先前佝偻得更厉害，头上也似乎添了不少银丝。看着在他脸上那些密密的皱纹里滚动的汗珠，看着那一身沾满泥巴的绿制服，我忽然涌起一股强烈的恻隐之情，这老人，此时该是儿孙绕膝，享受着天伦之乐，可他却在这泥泞的道路上负重奔波……

没有人发号召，在田里干活的人们都不约而同地放下手里的活儿，走到路边把老张头团团围了起来，亲热地问长问短。人们的热情，显然使老人激动了，他一面分发信件，一面"嘿嘿"地笑着应答，说不出一句话来。

有人问："哎，你不是退休了，今天怎么又来送信了？"

老张头一下子收敛起笑容，脸上有了火气："是退休了。今天去领工资，看到信件都积压在邮局里，那怎么行！一个邮递员，哪能眼睁睁地看着这么多信搁浅在半道上。他们不送，我老头子送！"

说着，他朝我走来，脸上又溢出真诚的微笑。看见他在信堆中挑拣着，我的心不禁怦然跳动……呵，雪白的信封，金色的小鸟，那熟悉的字迹！老张头把一封我日思夜想的信递到我手中，低声说了一句："你看，我知道她会来的。"

真正的爱情，毕竟不是脆弱的，误会涣然冰释了，我的小鸟终于又飞回来了！这信，又是老张头送给我的。就在我捧着信激动不已时，老张头已经步履蹒跚地远去。久久地，我目送着他，只见他那瘦小的背影，在春天彩色的田野里摇晃着，缩小着，终于消失在萌动着万点新绿的远方……

有过这样的经历，我由衷地对邮递员怀着一种真挚的敬意。有时真想拦住在路上见到的任何一位邮递员，大声地对他说："谢谢你！谢谢你们！"离开农村后，我又遇到过几位为我送信的女邮递员，虽然没有什么交流，但她们给我的印象都是踏实而热情的。她们常常使我想起老张头。

此刻，手里捧着当天的报纸，我依然看不下一行。洁白轻柔的雪花，依然在窗外纷纷扬扬地飘舞，而报纸上的雪花早已融化，变成了一颗颗亮晶晶的小水珠，在我的眼前闪烁……我忽然想起杜甫的两句诗来："杨花雪落覆白萍，青鸟飞去衔红巾。"青鸟，这是神话中美丽的小鸟，自古以来便被比作传递爱情的信使，受到人们的赞美。人民的邮递员，不也是忠诚、坚韧、值得赞美的青鸟么！

一九八一年春

山 中 奇 遇

前几年,常往山里跑,每次进山,总会遇到一些有意思的事情。那次在雁荡山,就有一次小小的奇遇。

我和几位同伴挑一条少有人行走的野径游山,一路上常被一些藤藤蔓蔓挡住去路,得折腾一会才能继续朝前走。就在寻路的时候,同伴中的一位惊喜地喊起来:"看,好漂亮的鸟蛋!"几个人围上前去一瞧,都不由得惊叹了:三颗滴溜滚圆的小鸟蛋,粲然夺目地躺在一堆枯草之中。鸟蛋的大小如同孩子们玩的玻璃弹子,颜色也奇特,天蓝色,隐隐约约有一些墨绿的斑点。如不是在深山枯草中发现它们,我们怎么也不会想到这是鸟蛋,谁说这些不是精巧别致的工艺品呢!

三颗鸟蛋同被一位同伴小心翼翼地装进了口袋,于是大家重新上路。同伴中另一位,从小在山里长大,竟老是念念不忘这三颗鸟蛋:"哎,我说,把这三个蛋放回原处去吧。"

"为什么？"

"等一会儿，雌鸟会来找我们的。"

"哪有这种事情，你想象力太丰富了。"

"真的，不骗你们，那时候听山里的老人们说，捣了荒山野草里的鸟蛋，鸟要找来报仇呢！"山里长大的同伴说得挺认真。可谁也不理会他的话，只觉得他可笑，年纪轻轻却满脑瓜子朽木疙瘩。

没走出二百米，怪事就来了。一只白胸脯的灰褐色小鸟，从后面追了过来，绕着我们的头顶兜圈子，嘴里发出一种急促不安的啼唤。不多久，又飞来了第二只鸟，两只鸟一高一低，不停地绕着我们飞。

大家谁也没说一句话，都停住了脚步，呆呆地看着这一对奇怪的小鸟。它们越飞越低，有时甚至差点扑到脸上来。他们的叫声也越来越急促，似乎在愤愤地咒骂着什么。

大约站了五分钟，两只鸟丝毫没有放弃我们的样子，依然围着我们急急地飞，愤愤地叫。山里长大的同伴突然喊起来："还愣什么，快把蛋还它们呀！"

拾蛋的同伴赶紧从口袋里掏出鸟蛋，慌

选入教材：

新加坡中学华文课本
语文 中学一年级上册
2011年
新加坡名创教育出版社

里慌张地把它们搁到一块大石头上。然而所有的人都傻了眼：三个鸟蛋全碎了，透明的蛋清在石头缝里无声无息地流淌，天蓝色的蛋壳成了一些碎片片……

两只鸟敛起翅膀，停落在那块大石头上。我们都紧张地注视着它们，不知它们将如何动作。两只鸟绕着碎了的鸟蛋蹦跳着，嘴里停止了啼鸣，似乎是既无惊愕，也无悲哀。大约过了两三分钟，他们停止了蹦跳，盯着脚边的碎蛋，面对面呆呆地站定了。依然听不见啼号，仿佛是一种默哀。可惜不懂鸟的表情，否则，大概能从它们呆瞪着的眼睛里发现伤心和绝望的。

重新上路时，心头似乎负着沉沉的歉疚。山里长大的那位同伴，脸色有些不自然，嘴里在低声嘀咕着："看吧，看吧，它们会找来的！"正说着，只听见头顶响起一阵尖厉的鸟鸣，是那两只鸟，果然又找来了，它们在我们的头顶盘旋了四五圈，便迅疾地飞去，消失在密密的丛林中。而它们的啼唤却久久在我们耳畔萦绕回旋，这一声高一声低的啼唤，听得让人揪心，我们不禁面面相觑。

我突然想起许多年前看过的一部电影来：

森林中的一棵老树上，有一窝出壳不久的小喜鹊，当它们大张着小嘴等外出觅食的母亲时，一只饥饿的秃鹫扑了下来，残忍地生吞了毫无抵抗能力的小喜鹊。小喜鹊的母亲飞回来发现儿女们已被杀害，凄哀地绕鸟窝盘旋着。

当见到凶手时,喜鹊竟然奋不顾身地扑了上去。洋洋得意的秃鹫舔着钩嘴上的鲜血,根本不把悲愤的喜鹊放在眼里,举翅轻轻一扇,就差点儿把喜鹊扇落在地。如此反复几次,喜鹊精疲力竭,终于歪歪斜斜地飞入密林深处。秃鹫以为平安无事了,蹲在树杈上闭目养神,奇迹就在这以后出现了!不多一会儿,喜鹊从密林中飞回来,并且带来一群喜鹊。一场惊心动魄的搏斗,在森林里展开了。喜鹊们雨点般毫无畏惧地向秃鹫发起了攻击。秃鹫立即挥舞巨大有力的翅膀,把许多喜鹊打落在地,那钩嘴和利爪更厉害,不断有喜鹊在它的反击下牺牲。然而喜鹊绝没有退却的意思,前赴后继,轮番向秃鹫进攻着。林子里,轰鸣着喜鹊愤怒激动的呼号,秃鹫的光脑袋上被啄出血来了,它身上那些灰褐色的羽毛也一根一根被拔下来,在喧闹的空中飞扬着。它这才慌乱了,展翅想溜,然而,已经无路可走——密林中不停地有喜鹊飞出来,成千上万只喜鹊像一块黑压压的云,遮住了天空,遮住了日光,这是一张无法冲破的复仇之网。秃鹫无可奈何,只能守在树上拼死抵抗。喜鹊们的进攻越来越有力,混战中秃鹫的一只眼睛被啄瞎了,它的嚎叫淹没在喜鹊们愤怒的呼号中……秃鹫,那凶猛的饕餮之徒,终于被彻底摧垮,羽毛被拔得所剩无几,像屠宰场中刚刚被褪了毛的死火鸡,躺倒在腐叶和败草之中。在如血的残阳中,喜鹊们无声地重归密林,不知去向……

当上述镜头从我的记忆库藏中游出来，一幕一幕重现在眼前时，我有些紧张了。今天，我们会不会成为那只倒霉的秃鹫？如果那两只飞走的山雀真从山里引来一大群愤怒的鸟找我们报复，事情可不是好玩的！我没有说出自己的担忧，只是默默地跟着同伴们踏荒前行。

那个下午是索然无味的。我们在荒草和乱石中转了半天，竟迷失了方向，辨不清东西南北。山中的风景名胜仿佛都躲着我们，所到之处，尽是野沟荒岭。一直到天黑下来，才找到一条出山的路。这时，几个人都是汗垢满身，狼狈不堪了。我们坐在路边的一棵樟树下，突然，头顶响起了鸟叫，又尖厉又悲哀，和山里那两只鸟一模一样，只是这叫声中似乎多了一种嘲讽的味道。等我们抬头寻觅时，只看见树叶簌簌动了几下，两个小小的黑影在幽暗的天幕中闪了一闪，然后便什么也没有了。

"瞧，它们报复了我们，让我们在山里白转了半天。"山里长大的那位同伴已经沉默了半天，此刻总结似的吐出一句话来。

没有人赞同，也没有人反驳。也许，这只是一次巧合吧。我想，在大自然和生命之间，还有许多不为人类所识的奥秘，还有许多未解之谜，这大概是谁也不会否认的。

钱这个东西

在这个世界上，还有什么比钱这样东西更令人困惑呢？

轻轻薄薄几张纸片，却可以将它们换取各种各样的物质，从而改变你的生活，改变你的心情，改变你的地位，改变你的形象。所以塞万提斯感慨："金钱是世界上最坚实的基础。"莎士比亚则一边摇头一边叹息："唉，没办法，只有钱才能使你到处通行。"

是的，在很多人的心目中，钱是最美妙的东西，它能使你傲视天下，使你美梦成真。钱主宰着社会的发展，也主宰着人的感情和意志。当今的那么多伟业和善举，哪一件不和钱连在一起。没有钱，一切豪迈的设想和宏大的计划都是空谈；没有钱，你会在竞争激烈的商场上挺不直腰杆抬不起头；没有钱，你连对付饥饿都无能为力……钱啊钱，难道人类真要永远仰起脑袋来崇拜你？

然而，翻开人类的词典，也可以找到无数对钱的诅咒："金钱是万恶之源！""换取金钱的代价是自由。""钱可以

选入教材：

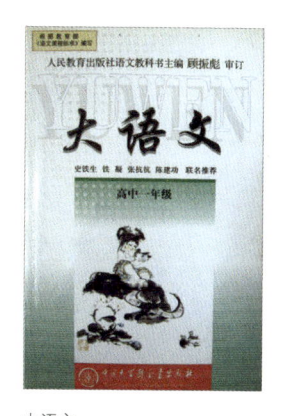

大语文
高中一年级
2002 年
中国大百科全书出版社

让好人含怨而死，也可以让盗贼逍遥法外。"甚至有哲人大声呼吁："让我们都蔑视金钱吧！"

事情就是这么不可思议。钱就像一把双刃剑，把它的两面锋刃对着人类道德相悖的两个方面。有时候，钱可以成为成功的标志，对企业家和商人来说，通过合法手段赚得的钱越多，他们的事业就越成功；有时候，钱也可以成为罪行的记录，对那些盗贼和贪官污吏来说，他们偷盗贪污的钱财越多，他们的罪行就越严重，钱可以把他们送进监狱，送上断头台。有时候，钱可以成为高尚和善良的象征，在资助灾区和贫困者的捐款箱前，那些往箱子里投钱的手是多么优美；有时候，钱也可以成为无耻和腐败的佐证，在赌桌上，在妓院里，那些大把撒钱的手是多么丑陋。钱可以使高贵的心灵更显得慷慨，也可以使卑贱的灵魂显露出斑斑劣迹……

拼命追求钱的人，常常被钱压弯了腰，甚至被钱摧毁了人格；鄙视钱的，却也离不开钱，没有钱，便无法得到维持生命的元素。在现代社会，你想遁入荒郊，与自然天籁为伴，靠泉水野果充饥，采树叶柴草蔽体，这是痴人说梦。

钱啊，有人为它笑，有人为它哭，有人为它疯狂，有人为它堕落……

其实，钱本身并无美丑善恶，是发明它的人类在使用操纵它的时候使它发生了种种变异。所以有人感慨：金钱是个好仆人，但是个坏主人。

不错，现代人的生活离不开钱。但是，人类社会如果被一个钱字笼罩，被一个钱字统治，被一个钱字覆盖，那也许是文明的末日。

我相信，有些古老的法则，大概永远不会变化。钱的富有，决不等于精神的富有，钱的贫乏，也不等于灵魂的贫乏。精神的财富，金钱无法标价，譬如高贵的人格、坚贞的爱情、真挚的友谊、美好而伟大的艺术……

假如你拥有一颗善良、正直而博大的心，那么，不管你腰缠万贯还是囊中羞涩，你的灵魂都可以朗如日月，清如明镜。

假如你欲海无边、贪得无厌，那么，钱总有一天会成为埋葬你的坟墓。

当然，非常遗憾，这个世界，还不会根据人的品格和真正的需要来分配金钱。希望有那么一天，人与人之间没有贫富之分。或者这样：让所有的正直勤劳聪明的好人都成为富翁，而那些心怀叵测的卑鄙小人，则与贫穷为伍。

也许，这也是痴人说梦。

　　不过，请记住，在这个世界上，还有比钱更重要、更珍贵的东西。

一九九五年八月二十九日

母 亲 和 书

又出了一本新书。第一本要送的,当然是我的母亲。在这个世界上,最关注我的,是她老人家。

母亲的职业是医生。年轻的时候,母亲是个美人,我们兄弟姐妹都没有她年轻时独有的那种美质。儿时,我最喜欢看母亲少女时代的老照片,她穿着旗袍,脸上含着文雅的微笑,比旧社会留下来的年历牌上那些美女漂亮得多,就是三四十年代上海滩那几个最有名的电影明星,也没有母亲美。母亲小时候上的是教会的学校,受过很严格的教育。她是一个受到病人称赞的好医生。看到她为病人开处方时随手写出的那些流利的拉丁文,我由衷地钦佩母亲。

在我童年的记忆里,母亲是个严肃的人,她似乎很少对孩子们做出亲昵的举动。而父亲则不一样,他整天微笑着,从来不发脾气,更不要说动手打孩子。因为母亲不苟言笑,有时候也要发火训人,我们都有点怕她。记得母亲打过我一次,那是在我七岁的时候。那天,我在楼下的邻居家里

母亲和书

选入教材：

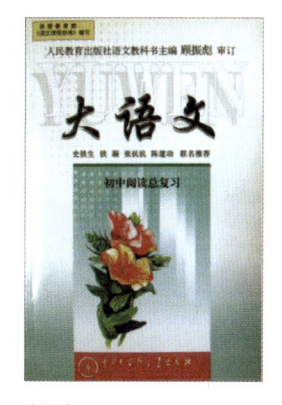

大语文
初中阅读总复习
2002年
中国大百科全书出版社

　　顽皮，打碎了一张清代红木方桌的大理石桌面，邻居上楼来告状，母亲生气了，当着邻居的面用巴掌在我的身上拍了几下，虽然声音很响，但一点也不痛。我从小就自尊心强，母亲打我，而且当着外人的面，我觉得很丢面子。尽管那几下打得不重，我却好几天不愿意和她说话，你可以说我骂我，为什么要打人？后来父亲悄悄地对告诉我一个秘密："你不要记恨你妈妈，那几下，她是打给楼下告状的人看的，她才不会真的打你呢！"我这才原谅了母亲。

　　我后来发现，母亲其实和父亲一样爱我，只是她比父亲含蓄。上学后，我成了一个书迷，天天捧着一本书，吃饭看，上厕所也看，晚上睡觉，常常躺在床上看到半夜。对读书这件事，父亲从来不干涉，我读书时，他有时还会走过来摸摸我的头。而母亲却常常限制我，对我正在读的书，她总是要拿去翻一下，觉得没有问题，才还给我。如果看到我吃饭读书，她一定会拿掉我面前的书。一天吃饭时，我老习惯难改，一边吃饭一边翻一本书。母亲放下碗筷，板着脸伸手抢过我的书,说:"这样下去,以后不许你再看书了。"我问她为什么,她说:"读书是一辈子的事情,你现在这样读法,会把自己的眼睛毁了,将来想读书也没法读。"

她以一个医生的看法,对我读书的坏习惯做了分析,她说:"如果你觉得眼睛坏了也无所谓,你就这样读下去吧,将来变成个瞎子,后悔来不及。"我觉得母亲是在小题大做,并不当一回事。

其实,母亲并不反对我读书,她真的是怕我读坏了眼睛。虽然嘴里唠叨,可她还是常常从单位里借书回来给我读。《水浒传》《说岳全传》《万花楼》《隋唐演义》《东周列国志》《格林童话》《钢铁是怎样炼成的》《牛虻》等书,就是她最早借来给我读的。我过八岁生日时,母亲照惯例给我煮了两个鸡蛋,还买了一本书送给我,那是一本薄薄的小书《卓娅和舒拉的故事》。在五十年代,哪个孩子生日能得到母亲送的书呢?

中学毕业后,我经历了不少人生的坎坷,成了一个作家。在我从前的印象中,父亲最在乎我的创作。那时我刚刚开始发表作品,知道哪家报刊上有我的文章,父亲可以走遍全上海的邮局和书报摊买那一期报刊。我有新书出来,父亲总是会问我要。我在书店签名售书,父亲总要跑来看热闹,他把因儿子的成功而生出的喜悦和骄傲全都写在脸上。而母亲,却从来不在我面前议论文学,从来不夸耀我的成功。

我甚至不知道母亲是否读我写的书。有一次，父亲在我面前对我的创作问长问短，母亲笑他说："看你这得意的样子，好像全世界只有你儿子一个人是作家。"

父亲去世后，母亲一下子变得很衰老。为了让母亲从悲伤沉郁的情绪中解脱出来，我们一家三口带着母亲出门旅行，还出国旅游了一次。和母亲在一起，谈话的话题很广，却从不涉及文学，从不谈我的书。我怕谈这话题会使母亲尴尬，她也许会无话可说。

去年，上海文艺出版社出版了我的一套自选集，四厚本，一百数十万字，字印得很小。我想，这样的书，母亲不会去读，便没有想到送给她。一次我去看母亲，她告诉我，前几天，她去书店了。我问她去干什么，母亲笑着说："我想买一套《赵丽宏自选集》。"我一愣，问道："你买这书干什么？"母亲回答："读啊。"看我不相信的脸色，母亲又淡淡地说："我读过你写的每一本书。"说着，她走到房间角落里，那里有一个被帘子遮着的暗道。母亲拉开帘子，里面是一个书橱。"你看，你写的书，一本也不少，都在这里。"我过去一看，不禁吃了一惊，书橱里，我这二十年中出版的几十本书都在那里，按出版的年份整整齐齐地排列着，一本也不少，有几本，还精心包着书皮。其中的好几本书，我自己也找不到了。我想，这大概是全世界收藏我的著作最完整的地方。

看着母亲的书橱，我感到眼睛发热，好久说不出一句话。

她收集我的每一本书，却从不向人炫耀，只是自己一个人读。其实，把我的书读得最仔细的，是母亲。母亲，你了解自己的儿子，而儿子却不懂得你！我感到羞愧。

母亲微笑着凝视我，目光里流露出无限的慈爱和关怀。母亲老了，脸上皱纹密布，年轻时的美貌已经遥远得找不到踪影。然而在我的眼里，母亲却比任何时候都美。世界上，还有什么比母爱更美丽更深沉呢？

历 史

一

历史是什么？

它看不见摸不着没有固定的形态。然而它涵盖所有流逝的岁月。没有人能够躲避它的剖视。就像一个人在海里游泳无法摆脱海水的拥抱，你跃出海面潜入海底，海水还是要淹没你，哪怕你变成一条飞鱼，展翅在天空滑翔，最后免不了仍会落进海里。没有人能够超越历史。

那么，历史是什么呢？

二

一片土地的沧桑变迁可以是一部历史。

一个民族的盛衰兴亡可以是一部历史。

一个家庭的悲欢离合可以是一部历史。

一个人的生活旅程可以是一部历史。

一场战争可以是一部历史。

一场球赛可以是一部历史。

……

历史可以很长很长，长如黄河扬子江，生命的旅途有多么漫长它就有多么漫长，人类的年龄有多么古老它就有多么古老。

历史可以很大很大，大如东海太平洋，世界有多么辽阔它就有多么辽阔，宇宙有多么浩瀚它就有多么浩瀚。

历史可以很短很短，只是一个冬天或者一个夏天，只是抽一支烟的片刻，甚至只是眨眼瞬间。

历史可以很小很小，小到一个庭院，一孔窑洞，甚至小到一个蚁穴。

过去的一切，都是历史。

三

历史不是一张白纸，你想涂成什么颜色就可以是什么颜色。

历史不是一块橡皮泥，你想捏成什么模样就可以是什么模样。

选入教材：

义务教育三年制、四年制初级中学语文自读课本
第二册
2001 年
人民教育出版社

历史不是一块绸缎，任你随心所欲剪裁成时髦的衣裳装饰自己。

历史不是一把吉他，任你舞动手指在弦上弹出你爱听的曲子。

历史是出窑的瓷器，它已经在烈火的煎熬中定型。你可以将它打碎，然后还原起来，它仍然是出炉时的形象。

历史是汹涌的潮汐，它呼啸着冲上沙滩时人人都为之惊叹。它悄然退落时，许多人竟会忘却它的磅礴，忘却它曾经汹涌过，呼啸过，然而海滩忠实地记录着它的足迹，没有什么力量能将这足迹擦去。

白蚁可以将史书蛀得千孔百疮，但历史却不会因此而走样。装潢精致堂皇的典籍未必是真历史。墨，可以书写真理，也可以编织谎言。谎言被重复一千次依然是谎言，真理被否定一万次终究是真理。

四

是的，历史是起伏的潮汐。涨潮，未必是历史的峰巅；落潮，也不是历史的中断，更不是历史的倒退，落潮之后，必定会有新的潮汐。

在历史的潮汐中，个人只能是其中的一簇浪花。有人一生都想做一个冲浪者，脚踏着冲浪板，在迭起的浪峰上做种种令人惊叹的表演。然而他们不可能永远凌驾于浪峰之上,潮头总要把他们打入水中。而那些企图逆流而行的弄潮者,在历史前进的惊天动地的涛声中,他们的呼喊留不下一丝回声。

历史将前进,这是必然。

一九八九年八月于四步斋

西 湖 秋 意

一

碧云天，黄叶地……

湖波的微语，落叶的沙沙声，轻轻地协奏着一支秋的小曲。苏堤像一条青黄相间的绒带，默默地伸向水烟迷蒙的湖心……

又看见西湖了！今年仲春，我到过杭州，虽然匆匆而过，我还是赶来看望西湖了。那是一个阴晦的早晨，怅然地在湖畔站了好久，太阳突然从迷蒙的雾气中挺身而出，一下子揭开了那层蒙蒙的面纱，把西子湖迷人的春色活灵活现地铺展在我的眼帘里——那是洋溢着青春气息的绿，是使人心悦神驰的缤纷，就连湖畔垂柳的轻轻抚弄，也让你感觉到一种欢乐的震颤。这是因春的律动、因生命的律动而引起的欢乐……

现在，是深秋了，而且时近黄昏。西湖呵，你会不会依然能像春天时一样,给我充满生机的宁静,给我美的享受,给我欢乐?

踏着遍地落叶漫步苏堤,我默默打量着西湖。西湖呵,你能不能和我谈谈心?能不能告诉我,在萧瑟秋风里,你正想些什么呢?你会不会只使我回想起那些伤感的往事?

一叶孤舟,像飘落湖心的一片枯叶,在平静的水面上缓缓地描绘着一幅苍茫的秋景。湖上飘忽着淡淡的烟霞,仿佛青灰色的透明的轻绡,笼罩着透迤起伏的远山,使它们显得若游若定,似有似无。然而湖畔的山坡上,还是顽强地透露出几星秋的色彩,是金黄,是殷红,是在秋风里变得深沉的墨绿,还有那些使人想起遥远历史的古老屋脊……

对于眼前的西湖秋景,我很难找出一个恰当的形容词来,不尽是凄凉,不尽是寂寥,不尽是苍茫。是什么?我说不上来。我只觉得眼前的画面静谧极了,幽远极了,和谐极了。这画面中,蕴含着许多还没有为我所理解的丰富的内涵。环顾湖波山色,我的饱经旅途劳累的身体,连同思想和灵魂,全都陶然在诗一般画一般的秋光之中了……

选入教材:

新课程初中语文读本
语文 七年级下册
2006年
山东教育出版社

蓦地，湖面掠过一只白色的水鸟。它用长长的翅膀拍击着湖波，由远而近，又由近而远，那雪白的身影在湖面划出一条优美的曲线，岛影、游船、长堤、远山，仿佛都被它串联起来，一幅静止的水彩画，顿时活了起来，动了起来……

"这是什么鸟？"我问。

"海鸥。"陪我散步的是一位从小生活在西湖畔的诗人，他的回答使我诧异。

"真是海鸥。你知道吗，西湖以前是海。"他笑着补充，像吟诗。

我的想象之翼一下子被扇动起来了。是的，这里曾经是大海，是的，这里依然保存着海的气质。海有宁静的时刻，也有狂暴的时刻，然而他的深沉，他的浩瀚壮阔，谁也无法改变，这是永恒。而西湖的美，也是永远不会消失的，不管春秋交替，不管冬夏轮转，西湖总是会以她的不同的微笑，向你透露美的信息……

像海一样执着，像海一样深沉。西湖，永远保持着她的美。

二

苏堤尽头是花港。

走进花港公园，才真正看到了秋天的本色。不是凄凉和萧瑟，不是委顿和枯黄，而是火的色彩，是壮丽和辉煌——

枫叶正红。那一瓣瓣红五星般的叶片，在微风中抖动着，像一簇簇小火苗，组合成一蓬蓬巨大的红色篝火，在青色和黄色之中熊熊地燃烧着。所有的一切，山石草木，池塘楼阁，仿佛全被燃着了。我不禁想起了不久前在北京香山看到的红叶，那是满山遍野的火焰，把秋天燃烧得一片通红。我曾经惊喜得失声叫起来。此刻，面对着西子湖畔的如火红枫，虽没有在香山时的那种惊喜，却也身心为之一振。香山红叶是一种黄栌的树叶，远看红得轰轰烈烈，近看也不免有一种枯萎的感觉。红枫就不一样了，远眺近看，都一样生机盎然。红枫，是我心目中最美的植物之一，在秋天的西子湖畔，它们用自己鲜艳的色彩，向世界透露着生命的亮色，在秋风里吟诵着一首美丽的抒情诗……

依然有绿。不仅是苍松翠柏，更多是那些貌不出众的常青树木：樟、桂、黄杨、冬青……在落叶遍地的湖畔沉着地吐着绿，这是苍劲的深绿，是墨绿。最远处是一片水杉林，肃立在青沉沉的山脚下，像古人笔下的水墨画。倘若，西子湖畔春天的绿，给人清新妩媚的感觉，那么，此时的绿，应该说是庄重的，是深厚的，它使人想起人到中年以后的那种稳重和成熟……

也有花。自然是秋的皇后——菊花。在上海，刚刚参观过万卉色艳的菊展，所以，在这里傲然卓立的名种菊并没有吸引我的注意力，倒是悄悄开放在湖畔树丛中的那些野菊花，花朵很小，然而一开就是雪白雪白的一片，热烈而又优雅，有一种桀骜不驯的野气和生机。在一个不为人注目的小土丘上，居然还长着一片红花草，玫瑰色的小花，悄然开放在绿茵茵的小圆叶中——这应该是春天的标志呵！

西湖，用她的永不枯竭的心血，用她的始终不渝的柔情，哺育着湖畔众多的生命。如今，到了秋天，到了大自然新陈代谢的季节，西湖的儿女们却依然顽强地在秋风里挥舞着手臂，为母亲唱着动人的生命之歌……

西湖，你可以因此而欣慰了。

三

大自然的规律毕竟是无法改变的。落叶，这秋的尾声、冬的序曲，依然在西湖畔不慌不忙地飘荡……

有飘零的黄叶，自然有枯秃的树木。我在树林中寻觅……

是什么使我眼睛豁然发亮：一片耀眼的金黄，彩霞一般垂挂在宁静的湖畔。这是我视野里最醒目最辉煌的色彩，西湖的黄昏也仿佛因它们而明朗起来、亮堂起来……

看清楚了，是两棵高大的梧桐。在盛夏的烈日中，它们曾用荟郁的树冠在湖畔铺展一片浓绿的荫凉，谁不赞叹它们的绿叶呢！此刻，每一片绿叶都泛出了金黄的色彩，然而它们还是紧紧依偎着枝干,在湖畔展现出另一番更为激动人心的景象。

谁能说这是衰亡和委顿呢!两棵梧桐像两位精神健旺的老人,毫无倦色,也毫无愧色地面对夕阳,面对西湖,肃然伫立着,似乎在庄严地宣告:即使告别世界,我的生命之光依然不会黯淡!

我知道,一夜秋风,也许就能扫落这满树黄叶,然而我再也不会忘记它们那粲然夺目的金黄,不会忘记它们那最后的动人的微笑、最后的悲壮的歌声……

在一座小土山上,终于看见一棵脱尽了叶片的树,一棵桃树,在夕照中伸展着枯瘦扭曲的枝干。

"瞧,桃树的影子。"诗人指着桃树边上一条鹅卵石路,轻轻地告诉我。

是树的影子,像一幅浓墨勾出的画,又潇洒又遒劲地铺展在卵石路上,是一棵花满枝头的春天之树的影子呵!而且这影子是永远不会消失的——这条黑白相间的小路上,白的是卵石,黑的也是卵石,铺路者用黑卵石勾勒出了桃树那奇特的投影。

此举用意何在?我百思而不解。只有靠自己去理会,去想象了。

也许是一种梦境吧——是桃树的梦,也是人们的梦。在秋风里,在冬雪中,憧憬着发芽,憧憬着开花,憧憬着用新绿，用万紫千红去装点西湖的春天……

永不消失的梦境呵，每年都会有一次蓬蓬勃勃的兑现的！到春天，人们大概再也不会注意这镌刻在小路上的影子了。影子边，有缤纷的花，有缀满新芽的树枝，远处的梧桐，也一定会悄悄披上绿色的新衣，影子，将融化在绿荫里……

西湖之秋，到处蕴藏着生命的力量和春天的憧憬……

一九八二年秋于西湖畔

海　鹰

我思恋海鹰，却从来没有看到过它。水手告诉我，海上不起风暴，海鹰是不会出现的。这暴风雨的精灵呵！

彤云在海面上郁积起来，一场暴雨，正在孕育之中，海上却异乎寻常的宁静。啊，海鹰终于在天边出现了！起初是黝黑的一小点，逐渐大起来，大起来……

我看见它的翅膀了——那长而有力的翅膀稳稳地展开着，偶尔有劲地一抖，便悠然从海面直蹿到天空。波涛、闪电、狂风，仿佛都在刹那间被那一对小小的翅膀扇起来……

我听见它的叫声了——那清脆而又深沉的呼叫，仿佛是一阵欢乐勇敢的笑声，从极其遥远的世界传来，飘进我的耳中。雷声、涛声、雨声，汇成一曲惊天动地的交响，轰隆隆地奏起来，响应着这细微却又震撼人心的呼叫……

海鹰从我的头顶掠过，消失在雾雨弥漫的远方。大海焦躁地起伏着，叹息着，像是要挽留它。这娇小美妙的精灵呵，竟把一个宁静的大海搅得天翻地覆了！

海鹰

选入教材：

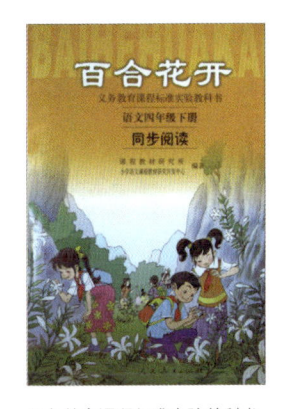

义务教育课程标准实验教科书
语文 四年级下册 同步阅读
2006年
人民教育出版社

　　呵，海鹰的家在哪里呢？它不可思议地在大海深处出现，又不可思议地在风浪之中消失……

　　我伫立在暴风雨中，久久地寻觅着，盼望着，海鹰却没有飞回来。然而，我毕竟看到它了！海鹰呵，这大海和暴风雨的精灵，它已经把它美丽的形象深深地刻进我心间。从此，我永远也不会忘记——那矫健的翅膀，那欢乐的笑声……

绿色的宣言

一

戈壁滩。戈壁滩。戈壁滩……

世界上,仿佛只剩下了渺无际涯的戈壁滩。一大片一大片灰黄单调的色彩,在车窗里向后倒退,向天边延伸,遥远的天边,起伏着寸草不生的秃山,那暗红的色泽和奇特的形状,竟使人联想到了月球和火星……

荒凉、贫瘠、寂寥——这些令人发怵的字眼,似乎就是专门为戈壁滩创造的。

灰黄中,突然闪出几星浅绿!尽管绿得可怜,却使我的眼睛发亮了。在这片无边无际的荒滩上,原来也有生命。星星点点的,绿色在不断地闪烁,它们改变了戈壁滩的可怕的形象。

这些奇怪的绿色是什么呢?

"是刺棵子。"一位饱经风霜的旅伴告诉我。

选入教材：

义务教育课程标准实验教科书
语文五年级下册 同步阅读
2006年
人民教育出版社

二

刺棵子。刺棵子。刺棵子……

我踏上茫茫的戈壁滩，我要认识这些奇怪的绿色。我终于看清了它们。

在冒着青烟的沙砾中，在龟裂的土壤里，在那些不知从哪里飞来的大石块下，它们蓬蓬勃勃地生长着，纤长的枝条，无拘无束地向四面八方伸展，枝条上绿色的利刺和小圆叶，骄傲地在烈日和热风中摇曳……

哪里有戈壁滩，它们就在哪里出现，不管风沙多么狂暴，不管炎阳多么严酷，它们顽强地在荒芜中绽吐着给人以希望的色彩，透露出生命的信息。

我惊讶了——在这生命绝迹的旱漠荒野上，它们怎么能生存下来呢？该不会有什么特异功能？

我想从沙砾中拔出一棵来，费尽力气，未能得逞，利刺却戳破了我的手……

哦，这倔强的小生命，把根扎得那么深！

三

  我看见它们在骄傲地微笑，我听见它们在骄傲地唱歌。面对广阔而又无情的大戈壁，它们能不骄傲么！

  它们在用那星星点点的绿色向世界宣告：生命，是无法战胜的！

  来，沿着它们的足迹向荒漠进军吧，前方，一定能找到绿洲……

祖 国 啊

我是一只小鸟
飞翔在你浩茫的天廓
你时而阴时而雨
阳光,却从不会消失
我是一尾小鱼
穿梭在你连天的碧波
你时而平静时而翻腾
最终,却总还我清澈
祖国啊……

这是一个多么动人的字眼
亲切如慈母的微笑
缠绵如恋人的诉说
你是我春天蓊茏的绿荫
你是我秋天金黄的收获

你是夏天清凉的微风
你是冬天温暖的篝火
祖国啊……

想起你
我的心弦就忍不住颤动
歌在弦上流淌
淌成汩汩江河
想起你
我的情怀便无法静止
思绪羽化成轻云
飞上高天
飘向大地
俯瞰辽阔的山河
祖国啊……

你是我童年的梦幻
是飘忽的油灯下
老祖母神奇迷离的故事
是生离死别的码头上
父亲含泪的叮嘱
你是故乡的泥土

选入教材：

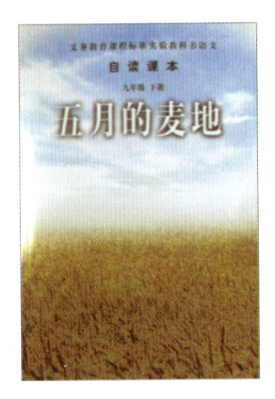

义务教育课程标准实验教科书
语文
自读课本 九年级下册
2003 年
人民教育出版社

那么浑厚那么朴素
你是祖先镌刻的碑林
凝结智慧也凝结血泪
你是三峡绝壁的栈道
中断而又开凿
你是黄河岸边的堤坝
倒塌而又垒筑
你是远航的风帆
从古至今
高扬不落
穿越过千滩万壑
祖国啊……

你不只是一幅
形似雄鸡的地图
更不是几句口号的组合
你是历史
你是现实
你是延续了一代又一代的
希望和寄托

在出土的青铜和陶瓷里

有你斑驳丰繁的回忆
在崛起的高楼巨厦中
有你神采飞扬的风格
你的叹息是那样深沉悠长
你的召唤是那样不可抗拒
祖国啊……

我曾为你悲哀
也曾为你骄傲
我曾为你痛苦
也曾为你欢乐
在你博大坦荡的胸怀里
我认识了人生认识了生活
也认识了善良认识了丑恶
你是一颗种子
在我心中发芽抽叶
长成一棵绿荫婆娑的大树
你永不会枯萎
永不会倒伏
因为你的根
已经深扎进我的灵魂
融入我的血液我的骨骼

祖国啊……

迷茫的时候
我一遍一遍呼喊着你
你是旭日驱散迷雾
把阳光洒到
被荒草覆盖的道路
你无声的指点
引我向前探索
走向未来没有通衢大道
只有开拓才有生路
祖国啊……

忧伤的时候
我一遍一遍呼喊着你
你是海潮荡涤污浊
把澎湃的激情
注满我的肺腑
你教我爱，教我真
哪怕面对绞索
也不能把赤诚的良心
拱手交出

活一天
就要全心全意爱你一天
直到我化成飞灰尘土
祖国啊……

二寸之间

古人有一个很有意思的比喻,两代人之间,即父母和子女间的距离,为一寸,而祖孙之间的距离,为二寸。这一寸和二寸间的距离,对从前的人来说,差距并不太大,中国人几代同堂,老少共居一室,亲密无间,是非常普遍的事情。不要说二寸,即便是"三寸",也不是遥不可及的关系。

我没有见过我的祖父,在我出生前的很多年,他就去世了。祖父是崇明岛上一个租别人的田地耕种的穷人,生前没有留下照片,我不知道他长得什么模样,据说很像我父亲,不过我无法想象。我的祖母却在我的童年生活中留下了无比亲切的记忆。我和祖母的接触,也就是童年的三四年时间,我吃过祖母烧的饭菜,穿过祖母做的布鞋,祖母在灯下一针一线为我们几个调皮的孙儿补袜子的情景,在我的记忆中如同一幅温馨的油画。在记忆里,祖母是慈爱的象征,我至今仍清晰地记得她的微笑和声音,记得她枯瘦的手抚摸我脸颊的感觉。

　　我的外公和外婆去世得更早,我只是在母亲那本发黄的老相册上见过外公和外婆。外公是一个非常英俊的男人,照片上他目光炯炯地盯着我,但我却无法在他的凝视下产生一点亲切感。而我的外婆,在我母亲还是婴儿时就撒手人寰,她是在分娩时去世的,生下的男孩,也就是我最小的舅舅,也没有活过一个月。照片上的外婆是一个绝色美女,眉眼间流露出深深的哀伤,仿佛在拍照时就预感到自己悲剧的命运。尽管母亲曾给我讲过不少关于外公和外婆的故事,但我的感觉,这更像是小说中的情节,和我的关系不大。但是,另一个外婆的形象,在我的记忆中却和祖母一样亲切。这外婆并不是母亲相册中那个表情哀伤的美女,而是另外一位慈眉善目的白发老人。我的亲外婆去世后,外公又续弦娶了一个女人,这就是以后和我有了千丝万缕关系的另一个外婆。我和外婆住在同一个屋顶下的时间很短,还不到一年,那是在我四岁的时候。印象中外婆是个劳碌的人,照顾着很多人的衣食起居,一天到晚忙着,

选入教材:

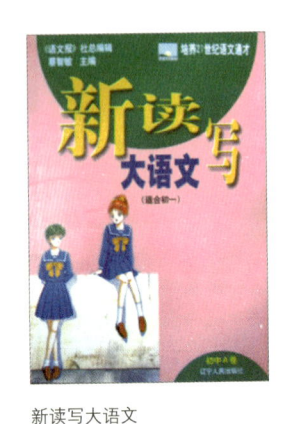

新读写大语文
初中A卷
2002年
辽宁人民出版社

没有时间和我说话。后来，我们全家搬出去住了，去外婆家，就成了我们生活中的一件经常的事情。等我稍大一点，我发现外婆原来是一个很有情趣的人。一次，我去看外婆，从床底下的一个箱子里拿出几本线装书，还是她当年读私塾时用过的书，一本是《千家诗》，另一本是《古文观止》。她说："这里面的诗，我现在还能背。"我便缠着外婆要她背古诗，她也不推辞，放开喉咙就大声背了起来："清明时节雨纷纷，路上行人欲断魂……"，"二月湖水清，家家春鸟鸣……"。外婆背唐诗摇头晃脑，像唱歌一样，一副陶然自得的样子。她说，小时候读私塾时，老师就是这样教她背的，背不出，要用板子打手心。外婆喜欢的唐诗大多是描绘春天景色的，听她背诵这些诗句，使我心驰神游，飞向春光烂漫的大自然。外婆和我住在同一个城市里，每年春节，我们都要去给外婆拜年，从我的童年时代一直到中年，年年如此。小时候是跟着父母去，成家后是和妻子一起带着儿子去。外婆长寿，活到九十四岁，前年才去世。去世前不久，我带儿子去看她，她躺在床上，还用最后的力气背唐诗给儿子听。

  儿子和外婆之间，是"三寸"的关系了，他对外婆的称呼是"太太"。看到他和外婆拉着手交谈，我感到欣慰。儿子不知道什么"二寸"和"三寸"，但我从小就让他懂得要爱长辈，要关心老人。儿子和我的父母这"二寸"之间，可谓亲密无间。七年前,父亲卧病在床,我无法带儿子天天去看他,儿子每天放学回家先打一个电话给父亲,祖孙之间的通话很简单,总是儿子问:"公公,你好吗?""公公,身上痛不痛?"然后是父亲问孙子:"你在学校里快乐吗?""功课做好了没有?"就是这样简简单单的对话,对我的父亲来说,却是他离开人世前最大的快乐。听听孙子稚气的声音,感受来自孙辈的关怀,胜过天下的山珍海味。

外婆去世后,我便再也没有可以维系的"二寸"之间的长辈关系了。每年春天,我和儿子总要陪着母亲去扫墓。站在长辈的墓前,遥远的往事又回到了眼前,亲近犹如昨天。"一寸"和"二寸"之间,此时便又失去了距离。

最后的微笑

每一棵树都有一部不平凡的历史。有时候，当一棵盘根错节、绿冠如云的老树出现在我面前，我会站在它的浓荫下，凝视着树身上那些斑斑驳驳的疤痕，痴痴地想上半天。它们也曾经是一株株纤弱的幼苗，那当然是很久很久以前的事情了，几十年，几百年，甚至上千年。当初和它们一起出土的幼苗们，绝大部分都早已变成了泥土，变成了飞灰，而它们却活下来，把根深深地扎进了泥土，把绿冠高高地展开在天空，长成了顶天立地的大树。对它们所经历的煎熬和灾难，人类是无法全部想象的——狂风、暴雨、冰雪、洪水、天火以及猛兽的牙、蹄，人类的刀、斧……也许正是因为经历了这种种灾难，老树才有了威武不屈的形象。尽管有扭曲的虬枝，尽管有创痕累累的树干，却绝无委顿朽败之态，这叶瓣的青绿和年轻的树们一样溢出生机，而那粗壮斑驳的树干，更是力量和生命的雕塑，人类的雕刻刀不可能雕出它们来。这些屹立于大地和山岗的老树，是同类中的强者,是和命运、环境搏斗抗争的胜者。它们之所以成为风景中必不可少的台柱,成为人类景仰的对象,实在是自然而又必然的了。

是呵,每一棵老树都有一部惊心动魄的曲折历史,只是仅仅凭借着人们的画笔和文字,恐怕无力描绘这些历史。谁见识过漫长岁月中那些风雨雷电?

在江南的太湖畔,在一座林木蓊郁的深山里,我听说过一棵古柏的故事。据说吴王夫差路过那里的时候,这棵柏树就在山中了。它蓬蓬勃勃地绿了两千多年,默默无闻地活了两千年,谁也不去注意它。有一天,一道雷电击中了它,烈火无情地焚烧着它那苍劲的树干和墨绿的树冠。烈火熄灭之后,这棵古柏便不复存在了,人们只能在袅袅的烟缕中依稀回想起它昔日的雄姿。粗壮的树干被烧得只剩下几片薄薄的树皮,像几把锈迹斑斑的钝残的古剑,茕茕孑立着。想不到,一年以后,在这几片薄薄的树皮下,又爆出了青嫩的叶瓣。这奇迹使人们惊呆了。这简直就像一位死去多时的老人,突然在一个早晨

选入教材:

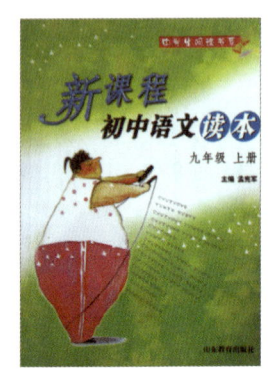

新课程初中语文读本
九年级上册
2002年
山东教育出版社

又睁开了眼睛!

可是又有一天,一辆手扶拖拉机横冲直撞开进山里来了。这手扶拖拉机在当时还是稀罕之物,山里人以惊奇的目光追随着它。而拖拉机手神气得就像是一位山神爷,仿佛整座大山、整个世界都比不上他那台会颠会叫会爬行会冒烟的拖拉机。经过古柏的残桩时,拖拉机突然一歪,迎着那几片茕茕孑立的树皮冲过去。树皮折断了,转动的胶轮从它们身上碾过,如同势不可当的铁骑无情地践踏着被征服者的尸体……

然而奇迹依然没有结束。风风雨雨又一年之后,那几片卧倒的树皮上,星星点点又萌出了新绿。哦,这活了两千多年的生命,这历尽了千难万苦的生命,它要用自己这最后一口呼吸,向世界昭示生命的坚韧和顽强。山里的人们终于发现了这个奇迹,他们高兴地盼望着:要是这些奄奄一息的树皮重新长成一株参天大树,那该多好呵!

我去看那几片奇异的老树皮时,心情是极其复杂的。除了浓浓的遗憾,除了隐隐的愤懑,还有由衷的崇敬。我凝视着它那苍老残碎的容颜,凝视着那些从树皮裂缝中一丝丝一点点一簇簇钻出来的绿芽,默默伫立了很久。山风旋起的时候,起伏的林涛在幽谷中汇合成一阵阵奇妙的无词合唱。这是森林的合唱,山中大大小小的树木都在为它们中间的、一位可敬的长者歌唱,它们深情而又忧伤地唱着……

　　在深沉的林涛中，我仿佛看到躺在泥土中的老树皮正在微笑，这是千年古柏留给世界的最后的微笑，这是惊心动魄、含义深长的微笑。谁能说这最后的微笑能延续多久呢？谁能说这一丝丝一点点一簇簇的绿芽再不能长成一棵大树甚至一片绿林呢？

　　然而不管怎么样，用一个顽强动人的微笑作为一个生命、一部历史的终结，这是可以引以为自慰的。

贵在创造

小时候，喜欢读闲书。不管什么书，拿到就读。书读得多，见识自然就广，写起作文来也就得心应手。那还是在读小学的时候，语文老师见我爱读书，便在班上表扬我。我至今还记得他的话："要想写好作文，就要像赵丽宏那样，多读课外书。"在作文课上，老师常常将我的作文念出来。私下里，老师还对我提出一个要求，他要我准备几个小本子，在读书的时候，要注意书中精彩的描写，不管是写景的，写物的，还是写人物神态和心理的，都要留意，见到好的词句或者段落，就把它们抄到小本子上。老师的话，我当然老老实实地照办。于是读书时，就把小本子放在旁边，经常往上面抄一些词句。很快，小本子上就抄得密密麻麻，而且抄满了好几本。这样的小本子，很像现在流行的那些写作描写词典，只是没有那么大的规模。当时，有不少同学学我的样，也准备了小本子抄书上的词语。一时蔚然成风。

这样的小本子，开始时确实对我的作文有帮助，我经常可以从中摘录一些用到自己的作文里。然而时隔不久,我就逐渐讨厌这些小本子了。为什么?因为,每次从小本子上往作文本上抄词句时,我总会情不自禁地问自己:我这不是在抄别人的文章吗?这样问得多了以后,我终于开始怀疑这种作法是不是对头。我想,如果是写日出,别人这样写,我为什么要和他写得一样?他能用自己的眼睛观察日出,并且用自己的话把他看到的日出写出来,我为什么不能呢?

尽管我还不敢跟老师说,但我的疑惑和厌烦越来越强烈,终于强烈到再也不愿意往小本子上抄任何书上的词句。然而小本子不能丢掉,因为老师要经常查看它们。怎么办?写自己的东西。于是我开始在小本子上记录自己的所见所闻。譬如碰到下雨,我就观察下雨前天空中发生的变化,观察雨中的街道和花树,也观察行人在雨中的神态和动作。到晚上,就把它们一一详尽地写到我的小本子上。再譬如,白天在路上遇到一个与众不同的人,一个极胖的女人或者一个行动诡秘的人,我会跟在他们的身边身后走一阵,仔

选入教材:

小学生阅读文选
语文 第七册
2000年
山东教育出版社

新课程小学语文读本
语文 五年级上册
2004年
山东教育出版社

细地看着他们的表情，看他们的一举一动，到晚上，我就在小本子上把他们"画"下来，当然，这"画"，不是用画笔和色彩，而是用文字。在"画"白天的见闻时，我要求自己尽可能地写得生动，写得和我以前在书中见到的类似情景不一样。这样，小本子上的词句，就都是我自己的语言了。到写作文时，我从中寻找需要用的词语时，心里就感到很坦然，很放心，尽管我的语言常常不如那些文学名著中的语言精彩，但这是我自己的！

　　这个秘密保持了很长的一段时间。当我在小本子上"画"自己的所见所闻时，其他同学还在那里大抄书中的词句呢。老师终于也发现了我的秘密。那是在一次去乡下钓鱼之后，我在作文中用自己的语言非常生动地描绘了钓鱼的经历。记得我这样写上钩的鱼被我甩出水面时的情景："鱼儿从水里飞出来，就像一把闪闪发亮的银色宝剑，在我的面前飞过去……"老师在作文评讲时读了我的作文，并且把我叫起来，当众问我："这些话，是引用别人的，还是你自己想出来的？"我很高兴地回答老师："是我自己想出来的。"老师没有对我的回答加以评论，他脸上的表情使我琢磨不透。课后，老师把我叫到他的办公室，他从办公桌上拿起我交给他的小本子，表情严肃地问："这里面的内容，都是你自己观察到的吗？"我紧张地点点头，以为他会批评我。想不到，他却欣慰地笑了起来。我很难忘记他当时对我说的那一番话。他说:"你不喜欢抄别人的话,很好!一个真正有出息的人,应该有自己的思想,写文章,当然也应该用自己的话来写。创造是最可贵的。你就这样坚持做下去吧!"

以上的情景,已经过去三十多年了。现在想起来,依然历历在目。老师的那番话,似乎仍在我的耳边回响。真的,我从心底里感谢我的这位语文老师,感谢他当时对我的这番鼓励。

心 灵 之 树

　　世界上最美丽、最变幻无穷的风景在什么地方？这个地方便是人类的心灵。

　　世界上最深沉、最辽阔博大的所在是什么地方？这个地方便是人类的心灵。

　　不管我们生活的环境和状态发生多大的变化，有一个世界永远自由而生机勃勃，这个世界便是人类的心灵。

　　不管我们身边的黑暗是多么漫长，有一个世界永远明亮而灿烂，这个世界便是人类的心灵。

　　世界上有一个永远不会枯竭的泉眼，从这个泉眼中流出爱，流出恨，流出欢乐和悲伤，流出七色缤纷的情感之泉。这个泉眼便是人类的心灵。

　　……

　　世界上有一个无法破译的谜，这个谜便是人类的心灵。

　　因为有了心灵这个神奇的世界，人类才完全有别于其他生命，升华为万物之灵长。千万年来文明人类的辛劳、搏斗、思索、歌唱，都是为了充实丰富心灵中的这个世界。

每个人的心灵色彩都不会一样，每个人的心中都有一个不同的世界。世界上有多少人，便有多少情调迥异的心灵世界。

是的，我说心灵是一棵树，一棵会开花的树。在这棵树上，能开出耀眼的奇葩，也能开出素洁淡雅的小花，能开出芬芳的珍卉，也能开出平平淡淡的野花。只要是从健康真诚的心灵之树上开出的花朵，无论如何总是美丽的。面对这样的花朵，我深深地感叹，作为一个人活着是多么好，多么有意思！

也许，有人对我这种自说自话的遐想不以为然：哼，人心叵测，有那么美好？人心是深渊，是危谷，是凶险的陷阱……

也许，这样的说法不无依据，这和我的想法其实并不矛盾。不错，每个人的心灵色彩都不会一样，每个人的心中都有一个不同的世界。世界上有多少人，便有多少个情调迥异的心灵世界。然而，对美好理想的憧憬和追寻，永远是人类社会进步和发展的动力。文学向世人展现这样的憧憬和追寻，应该

选入教材：

新课程小学语文读本
六年级下册
2002年
山东教育出版社

是一件美好的事情，任何人都无法拒绝这样的憧憬和追寻。无须回避人间的丑恶和人心的叵测，而展示这些色彩灰暗的景象，正是为了反衬健康高尚的心灵世界是多么令人神往。

诗　魂

又是萧瑟秋风,又是满地黄叶。这条静悄悄的林荫路,依然使人想起幽谧的梦境……

到三角街心花园了。一片空旷,没有你的身影。听人说,你已经回来了,怎么看不见呢?……

> 从幼年起,诗魂就在胸中燃烧
> 我们都体验过那美妙的激动……

已经非常遥远了。母亲携着我经过这条林荫路,走进三角街心花园。抬起头,就看见了你。你默默地站在绿荫深处,深邃的眼睛凝视着远方,正在沉思……

"这是谁?这个鬈头发的外国人?"

"普希金,一个诗人。"

"外国人为什么站在这里呢?"

"哦……"母亲笑了。她看着你沉思的脸,轻轻地对我说:

诗魂

选入教材：

全日制义务教育语文课程标准（实验稿）补充教材
现代诗文阅读 七年级上册
2002年
作家出版社

"等你长大了，等你读了他的诗，你就会认识他的。"

我不久就认识了你。谢谢你，谢谢你的那些美丽而又真诚的诗，它们不仅使我认识你，尊敬你，而且使我深深地爱上了你，使我经常悄悄地来到你的身边……

你的身边永远是那么宁静。坐在光滑的石头台阶上，翻开你的诗集，耳畔就仿佛响起了你的声音。你在吟你的诗篇，声音像山谷里流淌的清泉，清亮而又幽远，又像飘忽在夜空中的小提琴，优雅的旋律里不时闪出金属的音响……

你还记得那一位白发老人么？他常常拄着拐杖，缓缓地踱过林荫路，走到你的跟前，一站就是半个小时。你还记得么？看着他那瘦削的身材，清癯的面容，看着那一头白雪似的白发，我总是在心里暗暗猜度：莫非，这也是一位诗人？为了证实自己的想法，我用少年人的真率，作了一次试探。

那天正读着你的《三股泉水》。你的"卡斯达里的泉水"使我困惑，这是什么样的泉水呢？正好那老人走到了我身边。

"老爷爷,你能告诉我,什么是'卡斯达里的泉水'吗?"

老人看看我,又看看我手中的诗集,然后微笑着抬起头,指了指站在绿荫里的你,说:"你应该问普希金,他才能回答你。"

我有点沮丧。老人却在我身边坐下来了。那根深褐色的山藤拐杖,轻轻在地面上点着。他的话,竟像诗一样,合着拐杖敲出的节奏,在我耳边响起来:"卡斯达里的泉水不在书本里,而在生活里。假如你热爱生活,假如你真有一颗诗人的心,将来,它也许会涌到你心里的。"

"你也是诗人吧?"

"不,我只是喜欢诗,喜欢普希金。"

像往常一样,随着悠然远去的拐杖叩地声,他瘦削的身影消失在浓浓的林荫之中……

以前的那种陌生感,从此荡然无有了,老人和我成了忘年之交。尽管不说话,见面点头一笑,所有一切似乎都包含其中了。是的,诗能沟通心灵。我想,世界上一定还有许许多多陌路相逢的人,因为你的诗,成了

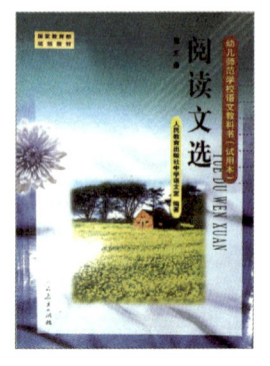

幼儿师范学校语文教科书(试用本)
阅读文选 第三册
2003年
人民教育出版社

百家散文名作鉴赏
1990年
北京出版社

好朋友。

而你，只是静静地在绿荫里伫立着，仿佛思索、观察着这世间的一切……

> 在天空中，欢快的早霞
> 遇到了凄凉的月亮……

梦里也仿佛听到一声巨响，是什么东西倒坍了？有人告诉我，你已经离开三角街心花园，再也不会回来了……

我奔跑着穿过黄叶飘零的林荫路，冲进了街心花园。

我永远也忘不了那触目惊心的一幕：你真的消失了！花园里空空如也，只有一座破裂的岩石底座，在枯叶和碎石的包围中，孤岛似地兀立着……

哦，我恍惚走进了一个刑场——这里，刚刚发生过一场可耻的谋杀。诗人呵，你是怎样倒下的呢？

我仿佛见到，几根无情的麻绳，套住了你的颈脖，裹住了你的胸膛，在一阵闹哄哄的喊叫中，拉着，拉着……

我仿佛看到，无数粗暴的钢镐铁锹，在你脚下叮叮当当地挥动着，狂舞着……

你倒下了，依然默默无声地沉思着……

你被拖走了，依然微昂着头遥望远方……

我呆呆地站在秋意萧瑟的街心花园里，像一尊僵硬的塑像。蓦地,我的心颤抖了——远处,依稀响起了那熟悉的拐棍叩地声,只是节奏变得更缓慢,更沉重,那一头白发,像一片孤零零的雪花,在秋风中缓缓飘近,飘近……

是他,是那个老人。我们面对面,默默地站定了,盯着那个空荡荡的破裂的底座,谁也不说话。他好像苍老了许多,额头和眼角的皱纹更深更密了。说什么呢,除了震惊,除了悲哀,只有火辣辣的羞耻。说什么呢……

他仿佛不认识我了,陌生人般地凝视着我,目光由漠然而激奋、而愤怒,湿润的眼睛里跳跃着晶莹的火。好像这一切都是我干的,都是我的罪过。哦,是的,是一群年龄和我相仿的年轻人,呼啸着冲到你的身边……

咚!咚!!那根山藤老拐杖,重重地在地上叩击了两下,像两声闷雷,震撼着我的心。满地枯叶被秋风卷起来,沙沙一片,仿佛这雷声的袅袅余响……

没有留下一句话,他转身走了。那瘦削的身影佝偻着,在落叶秋风中踽踽而去……

只有我,只有那个破裂的底座,只有满园秋风,遍地黄叶……

你呢,你在何方?

然而,等有一天,如果你忧悒
而孤独,请念着我的姓名……

我再也不走那条林荫路,再也不去那个街心花园,我怕再到那里去。你知道么,我曾经沮丧,曾经心灰意懒,以为一切都已黯淡,一切都已失去,一切儿时的憧憬都是错误的梦幻。没有什么"卡斯达里的泉水",即使有,也不属于我们这块土地上的这辈人,不属于我……

可是,有一天,我终于忍不住又翻开了你的诗集。哦,你却依然故我,没有任何变化,还是流泉一般清亮而又幽远,还是那么真诚。你那带着金属声的诗篇,优美而又铿锵地在我耳畔响起来:

> 不,我不会完全死去——在庄严的琴弦上
> 我的灵魂将越出腐朽的骨灰永生……
> 不必怕凌辱,也不要希求桂冠的报偿,
> 无论赞美或诽谤,都可以同样漠视,
> 和愚蠢的人们又何必较量。

倘若再见到那位白发老人,我会大声地向他宣读你这些诗篇的!然而我很难有机会再见到他了,命运之弓把我弹得很远很远。当我离开这座城市的时候,我没能到这条林荫路来,没能到这个街心花园来,像一片离开枝头的落叶,我被狂风卷走了……

当绿色的原野画卷一般在我眼前展开,当坎坷的田埂蛛网一般在我脚下蜿蜒,当飘忽的油灯用可怜的微光照耀着我的茅屋,当寂寥的晨星如期闪烁在我的小窗……你,便似乎在我的身边出现了。然而已经不是在街心花园里站着沉默的那个你,而是一个活生生的你,一个又潇洒又热情的你,一个又奔放又深沉的你。田野的风清新地吹着,你肩上那件斗篷在风中飘扬,像一叶远帆……

一天流汗之后,散了架似的身体躺在床上,你在油灯的微光下轻轻地为我吟哦:

春夜,在园林的寂静和幽暗里,
一只东方的夜莺歌唱在玫瑰丛中……

你为我铺展开一个灿烂的世界,使我在艰苦的跋涉中始终感受到生活的暖风。当我消沉悲观的时候,你总是优美地用你那金属之声,一遍又一遍向我呼吁着:心儿永远憧憬着未来!相信吧,快乐的日子就会来临……

有时,你笑着召唤我:年轻的朋友,让我们坐着轻快的雪橇,滑过清晨的雪……我把一切烦恼和忧郁都抛在脑后,兴致勃勃地在田野里奔跑着,在山林里徜徉着,在人群中寻觅着……

我真的写起诗来了。我在诗中倾吐我的欢乐、我的苦恼。我追求着……诗，使我的精神和情感变得丰富而又充实。在缤纷的梦境里，我常常踏上久别的林荫路，新生的绿荫轻轻地摇曳着，把我迎进那个三角街心花园。你仿佛从来不曾走开过，依然静静地在那里伫立，沉思着遥望远方，似在等待，似在盼望……

> 土地复苏了，时令已经不同，
> 你看那微风，轻轻舞弄着树梢……

现在，我回来了。怀揣着我的第一本诗集，我忐忑不安地看你来了。然而你没有回来，三角街心花园里，依旧人迹杳然。在你曾经站过的地方，我久久地站着，纷纷扬扬的落叶，轻轻地抚摸着我的肩膀……

一位年轻的母亲，携着她的七八岁的女儿，从林荫路走进了街心花园，仿佛来寻找什么。前不久，有消息说你将重返这里，人们大概都知道了吧。母女俩说话了，声音很轻，却异常好听：

"妈妈，就是这里吗？就是爷爷以前常来的地方吗？"

"是的。这里以前有一座铜像。"

"什么铜像？"

"普希金。"

"普希金是谁呢？"

"一个诗人。以后你会认识他的。"

听着，听着，我的眼睛湿润了。呵，孩子的爷爷——会不会是我从前在这里遇到的这位老人呢？也许是，也许不是。他曾经向他的后辈谈着你，不管这世间对你如何冷落。在这一对母女的对话里，我，想起了童年，想起了儿时在这里见到的一切。童年呵……

哦，一切，一切，都将重新开始……

一九八二年十二月于上海

鹰 之 死

天是深蓝色的。坐飞机飞越太平洋时俯瞰地面，大海就是这种深蓝色，这无边无际的蓝色深沉得令人心头发颤发眩，想不出用什么词汇来形容它描绘它。只是由此联想到世界的浩瀚，想到宇宙的无穷，想到无穷之中包藏着不可思议的内涵。也由此联想到人和生命的渺小，在这广漠辽远的天地之间，生命不过是轻扬的微尘……

微尘，芝麻大的一个黑点，出现在深蓝色的天空中，乍看似乎凝滞不动，仿佛钉在天幕中的一枚小钉。仔细观察，才发现黑点在动，像是滑行在茫茫大洋中的一叶小舟。

"鹰。"

墨西哥向导久久凝视着天上的黑点，轻轻地告诉我。那对栗色的眼睛里，闪动着虔敬神往的光芒。

"鹰。"

墨西哥向导追踪着天上的黑点，嘴里又一次发出低声的呼唤。

选入教材：

新课程初中语文读本
语文 九年级上册
2002年
山东教育出版社

    这是在墨西哥南方的尤卡坦平原上，我们的汽车在墨绿色的丛林中穿行，高飞在天的孤鹰把我的目光拽离地面拉向天空。鹰，是墨西哥的国鸟，在那面绿白相间的墨西哥国旗中央，就有雄鹰展翅的图案，这是墨西哥人心目中的神鸟、吉祥鸟，它是勇敢和自由的象征。

    鹰的形象逐渐清晰起来，宽大的翅膀张开着，也不见振动，只是稳稳地滑翔，忽而俯冲，忽而上升，矫健的身影沉着而又潇洒地描绘在深蓝色的天空，那深邃无垠的苍穹便是它自由自在的王国。它是遥远的，也是孤傲的，人无法接近它。

    这时，我们的汽车驶进了一片墓地。浓密的树荫遮蔽了天空，鹰消失了。迎面而来的是玛雅人的坟墓。坟墓形形色色，色彩缤纷得叫人眼花缭乱。形状各异的墓碑和棺椁上绘满了鲜艳的花纹和图案，有些坟墓索性被堆砌成宫殿和摩天大楼的模型。连大楼上的窗户、壁饰和霓虹广告也被精心描了出来。远远看去，这墓地就像是一座被缩小了的现代化都市。在人迹稀少的丛林中突然出现这样一座缤纷却又寂然无声的微型都市，感觉是奇妙的，一种神秘的气氛顿时笼罩了我的思绪。玛雅人，这个古老奇特的民族，竟用了这么多的颜色来装点死者的坟墓，我不知道这是一种古老传统的延续，还是现代玛雅人的创造。死者是没有知觉的，一切坟墓以及它们的色彩和装饰都是出于未亡人的需要，为了向人们显示死者家族的高贵和富裕，为了让人们记住死者生前的功德和地位……等等，等等。反正，安卧在坟墓中静静腐烂的死者是什么也不会知道的，不管你是显赫的要人还是卑微的贫民，一抔黄土掩面，余下的事情便是被泥土同化，人人难逃此劫。我想，假如死者有知觉的话，压在他身上的碑石还是轻一些简朴一些为好……

正胡思乱想着，汽车又来到了宽阔的公路上，天空依然是那么深邃那么蓝，几缕纹状白云在天边飘浮，如同远远而来的几线潮峰。鹰还在天上盘旋，它不慌不忙地飞，悠然沉稳地飞，看不出它飞行的轨迹。这高飞的孤鹰，似乎正在执着地寻找着什么，追求着什么。它的归宿在哪里呢？

鹰的归宿当然也是死！

鹰是如何死去的呢？

鹰也有坟墓么？

也许是刚从墓地出来的缘故，闪现在我脑海中的问题，居然都是死和坟墓。鹰呵,你高高地飞在天上,你是不会回答我的。

记起在四川坐船经过雄奇的瞿塘峡的时候,一位在山中长大的诗人曾指着峻峭的绝壁告诉我:"最悲壮的是鹰的死。当一只老鹰知道自己死期将近时,便悄悄飞到绝壁上,在一个永远也不会被人发现的岩洞中躲起来,默默地死去。人们无法找到鹰的尸骨。这渴望自由的生命,即便死了,也不愿意被牢笼囚禁。假如灵魂不灭的话,坟墓也真可以算是另一种牢笼呢!"

也记起在新疆的大戈壁滩上旅行的时候,一位塔吉克猎人为我吹奏的鹰笛。这是用鹰翅骨制成的短笛,那高亢、尖厉、急促的笛音仿佛来自天外云中,来自极其遥远的另外一个世界。无论是欢快激越的曲子还是徐缓抒情的曲子,笛音中总是流溢出深深的凄怨,流溢出言语难以解释的哀伤。塔吉克猎人说:"鹰是神鸟,它是属于天空的。鹰死在什么地方,人的眼睛永远看不见。"我问:"那么,你手中的鹰笛是怎么来的?"猎人一笑,答道:"用枪打的。这可不是猎杀鹰呵!取鹰骨制笛是为了把鹰的精神和形象留在人间。猎鹰是一件极严肃的事情,只有那些衰老的或者病危的鹰才能被打下来取鹰骨,而且必须经过有权威的老猎人鉴定。随意猎杀鹰,天理不容!"至于鹰的自然死亡是如何景状,猎人一无所知。只能在高亢凄厉的鹰笛声中由自己想象了，鹰笛的旋律飘忽不定，鹰的形象就在这飘忽不定的旋律中时隐时现，这是一只生命垂危的老鹰，正展开羽毛不全的黑色翅膀，顽强地做着最后的翱翔。它苦苦地寻找着自己的归宿，然而归宿隐匿在冥冥之中……

　　最惊心动魄的，是一位来自西藏的作家的叙述。这位作家有一个当天葬师的年轻藏族朋友，他曾多次上天葬台看天葬，看天葬师肢解尸体，将尸体捣碎用酥油糌粑搅拌后喂鹰群。那一群专食尸肉的鹰，因为不必费工夫觅食，再不飞离山巅，只是在天葬台附近懒洋洋地徘徊，只要天葬师背着尸体上山，它们便可以饱餐一顿。久而久之，这些鹰的形状发生了变化，它们身上的羽毛脱落了，肥胖的身躯犹如蹒跚的绵羊，一对翅膀再无法托起沉重的身体飞入高空，它们变成了一群不会飞的鹰。只有那锋利的钩嘴、炯炯的亮眼和粗壮有力的脚爪，仍能表现它们是强悍凶猛的鹰类。在藏族人心目中，这是天上的神鹰，它们是神圣不可侵犯的，死者的灵魂能否升天，就由它们来决定了，尸体食尽，死者灵魂便安然升天，尸体倘一次吃不完，死者灵魂便永远被关在天堂门外了。谁也没有发现过这些神鹰的尸体。这些鹰，难道长生不死？年轻的天葬师产生了难以抑制的好奇心，他开始悄悄地观察那群老在他身边踱来踱去等待食物的鹰。终于发现秘密了——一只老鹰垂死了,它离开了群鹰,独自在一块岩石上兀立着,不吃也不动,当它的伙伴们围着天葬台争食尸肉时,它毫不动心,一对乌黑的眼珠呆呆地凝视着天空。一天又一天,一个星期又一个星期,它从不移动位置,它的伙伴们也决不来打扰它。天葬师惊奇地发现,这不吃不动的老鹰明显地消瘦下来,逐渐恢复到了一般秃鹫的体态,奇怪的是,它的精神却毫不萎靡,两只眼睛愈发炯炯生光地盯着天空。有一天黄昏,在一次天葬结束之后,奇迹终于发生了。这只"打坐"多日的老鹰突然展开宽大的翅膀有力地拍动了几下,随后便稳稳窜入空中。它围绕着天葬台盘旋几圈,接着就箭一般向高空飞去。天葬师抬头凝视着越飞越高的老鹰,只见它小成了一颗黑豆,小成了一粒芝麻,小成了一点若有若无的尘埃,最后消失融化在茫茫苍苍的蓝天之中。天葬师情不自禁地喃喃自语道:"哦,神鹰,神鹰……"他眼里噙着泪花,心中充满了由衷的敬畏。这时,天葬台周围那一群刚刚饱餐过一顿尸肉的鹰也像天葬师一样,昂头呆望着苍天。天葬师深信不疑:此刻,有两个灵魂正在同时升天……

在墨西哥深蓝色的天空下,这些关于鹰的见闻和回忆在我的脑海里回旋着翻腾着,它们无法编织成一幅清晰完整的图画。这些流传在中国的关于鹰的传说,和墨西哥有什么关系呢?从车窗仰望天空,那只孤独的鹰仍在悠然翔舞，仍在寻求着谁也无法探知的目标。鹰没有国界，它们大概是性情相通的吧，我想。关于鹰的死，在墨西哥不知是否有什么传说。那位墨西哥向导始终在注视着天上的鹰，陷在沉思之中。

"你们这里有没有鹰的墓地？"问题出口后，我有些懊悔了，这会不会冒犯主人呢？

墨西哥向导转过头来，栗色的眼睛里闪烁着惊讶。他盯住我看了一会儿，目光由惊讶而平静。还好，没有恼怒的意思。

"鹰怎么有墓地呢？"墨西哥向导指了指天空，用一种神秘而又骄傲的口吻说，"它们的归宿在天上。假如生命结束，它们将在高高的空中化成尘埃，化成空气，连一根羽毛也不会留在地面！"

这下轮到我惊讶了。这和我在国内听到的传说简直是惊人的巧合。没有国界的鹰呵！

也许，人是习惯于为自己构筑藩篱和牢笼的，对活人是如此，对死者也一样。人类的历史，便是在拆除旧藩篱旧牢笼的同时不断构筑新藩篱新牢笼，这大概是人类作为高等生物区别于其他生物的原因之一吧。鹰呢，鹰就不一样了。我又想起了长江三峡中听到那位诗人对鹰的评论："这渴望自由的生命，即便死了，也不愿意被牢笼囚禁！"

抬头看车窗外的天空,那只孤鹰已经不知去向。只有渺无际涯的深深的蓝天,在我的头顶沉默着,不动声色地叙述着世界的浩瀚和宇宙的无穷……

一九八五年十一月记于墨西哥南方

一九八六年九月三日写于上海

我们的国歌

一个老华侨含着泪水告诉我：

在海外听到我们的国歌，我总是忍不住流泪，我会因为自己是一个中国人而热血沸腾。

我一次又一次在国歌声里兴奋而又自豪地呐喊：

我是中国人！

是的，请听听我们的国歌吧，

请听听这危难中血的誓词，

请听听这战火中万众一心的宣言，

请听听这沉默中惊天动地的雷鸣！

我们的民族，就是在这悲壮的歌声中惊醒、搏斗、崛起、新生的！

我们的人民共和国还要在这悲壮的歌声中走向美好的未来。

如果你忘记了自己是一个中国人,如果你忘记了做一个中国人的责任,如果你不为自己是中国人而骄傲——

　　请听听我们的国歌吧!

选入教材:

九年义务教育三年制初中教科书
第一册
2000年
教育科学出版社

风啊，你这弹琴的老手

如果没有风吹来，一切都是静止的。

树，草，花，湖泊，海洋，甚至沙漠……这世界上的一切有生命的或者无生命的，在无风的时刻都成了凝固的雕塑。

是风改变了他们的形象，打破了它们的宁静，使它们变得充满了兴致勃勃的生命活力。风，果真有如此神奇的魅力？

那一年在庐山，我曾经为山顶庐琴湖的静态而惊奇不已。

那是在傍晚时分，无风，我散步去湖畔。湖畔的树林里，枝叶纹丝不动，一切都沉默着，只有几只已经归巢的鸟雀，偶尔发出一两声梦呓般的鸣叫。这鸣叫非但没有破坏林中的静寂，反而增添了几分幽静。穿过树林，就看到了湖。呈现在我眼前的是一个静极了的湖。碧绿的湖面平滑得如同一面巨大的明镜，镜面上没有一丝半点的裂纹和灰尘，这样的静态，简直有些不可思议。湖畔的树木，远方的山影，还有七彩缤纷的晚霞，一无遗漏，全部都倒映在这面镜子中。这是一幅静谧辉煌，而又略带几分凄凉的画，那种静止的瑰丽和缤纷竟使人感觉到一种虚幻，使人禁不住发问：这是真的吗？大自然是这样的吗？我突然想，要是有一点风，那有多好，眼前的风景也许会活泼美妙得多。

就在我为风景的过于静谧感慨遗憾的时候，突然地，就刮起风来。不知道这风来自何方，开始只是感觉头顶的树叶打破了它们的沉默，发出一片簌簌的声响。接着，就看见原先像镜子一般的水面微微起了波动。细而长的波纹从湖边轻轻地向湖心荡开，优雅得就像丝绸上飘动的褶皱。波纹不慌不忙地荡漾着，湖面上那幅静谧辉煌的画随之消失，变成了一幅印象派的水彩画，无数亮光和色彩搅和在一起，显得神奇莫测……

风渐渐大起来，湖畔的树木花草开始摇动起来。枝叶的摩擦声也渐渐响起来，一直响到整个世界都充满了它们的呼啸和喧哗。实在无法想象，几秒钟前还是那么文质彬彬、悄无声息的绿色朋友们，一下子竟都变得这

选入教材：

新课堂语文课外阅读
九年级下册
2005 年
山东教育出版社

样惊惶不安，变得这样烦躁。

　　再看湖面，波纹已经失去了先前的优雅，变成了汹涌的波浪。波浪毫无规则地在湖中翻涌起伏，就像有无数条被煎煮的鱼儿，正在水下拼命挣扎游蹿……而湖面的画，消失得无影无踪。只有变得浑浊的湖水，翻卷起无数青白色的浪花……

　　我久久地凝视着在风中失去了平静的湖水，倾听着大自然在风中发出的无数歌唱、呻吟、呼啸和呐喊，原来那种平静的心情烟消云散。和这风中的自然一样，我也开始烦躁起来，种种的失落，种种的不愉快和不顺心，如同沉渣泛起，搅乱了我的情绪。我离开湖畔，回到住宿的旅馆里。那是一个风雨之夜，风声雨声在窗外响了整整一夜，使我难以入眠……我已经无法记下那一夜我的思想和情绪，记下来恐怕也是一片混乱和芜杂，就像在风中飘摇摆动、纠缠在一起的树枝和草叶……唉，大自然起风与我何干，我为什么如此触景生情，这样自寻烦恼呢？

　　第二天早上起来，竟又是个阳光灿烂的大晴天。昨夜猖獗了一夜的大风，早已不知去向。从窗外传进来的，只有低回百啭的鸟鸣。也不知为了什么，一起床，我就往湖畔跑。我想知道，昨天傍晚在风中突然消失的那个宁静优美的世界，会不会重新回来。而这种突然来临，又突然消失的宁静，仿佛已经离我非常遥远。

依然是先穿过树林。树林和昨天傍晚未起风时一样,地上的花草和头顶的树叶都处于静止的状态,只有轻柔的晨雾和迷迷蒙蒙的阳光,在树枝和绿叶间飘动。林中的鸟儿们居然也都不知飞向何方,仿佛是为了让我看到和听到一个绝对安静的树林。而昨夜的风雨,还是在树林中留下了痕迹,那是从树叶上滴落下来的水珠,一颗一颗,晶莹而清冷,无声地滴在我的脸上……

湖,又恢复了它的静态。水面略略升高了一些,湖水也不如昨天那么清澈,那是一夜雨水汇积的缘故。然而它的平静却一如昨天傍晚,依然是一面巨大的明镜,仰望着彩霞乱飞的天空。倒映在湖中的树林、山峰比傍晚看起来更为青翠,也更加清晰,而漫天越来越耀眼的朝霞,使得如镜的湖面光芒四射,叫人眼花缭乱……同样是静止的画面,昨天的那一幅使人在感觉辉煌时也感觉到凄凉,而今天这一幅,辉煌依旧,却绝无凄凉之色。而且,随着太阳的升高,湖面的光芒越来越耀眼,终于耀眼到使我无法正视……这时,山中又起了风,湖面上波纹骤起,在耀眼的亮光中,再也不可能看清楚波纹的形状。消失了山林倒影的湖水,顿时成了一片熊熊燃烧的火海……

我闭上眼睛,尽量不去想此刻正在我眼前如火海一般烈焰腾腾的湖面。我不喜欢这样的景象。这时,我心里出奇的平静,我很清楚自己向往的是什么。风声在我的耳边打着呼哨，头顶的树叶也是一片簌簌声。然而，我的脑海里，却出现了昨天傍晚看见的那个宁静安详的湖，出现了那一幅辉煌而略带凄凉的画面……这正是我要寻求的画面。我想，只要我静下心来思索，我的眼前可以出现我曾看见过的任何一种画面。无论是有风时的湖，还是无风时的湖。因为，不管是有风还是无风，湖总是那个湖，它的本质绝不会因为风而发生变异。风不为谁的意愿而来，湖也不想用自己不同的姿态来取悦任何人。所有一切风景之外的联想，都是因我自己的情感和思绪所致。"夫风者，天地之气，溥畅而至，不择贵贱高下而加焉。"楚襄王在两千多年前发出的感叹，在现代人心中居然还能产生共鸣。

我想，在这个世界上，我们其实和一棵树或者一个湖一样。我们原本都是平静而安宁的。然而身外来风常常是出其不意地出现，你永远无法预料它们什么时候会吹过来，毫不留情地打破你的平静和安宁。谁也不能阻止风的到来，谁也无法改变风的方向和强弱。它们带来的可能是灾难，也可能是快乐和幸运。于是，对风的畏惧和希冀，使原本恬淡的生命，变得浮躁不安了，很多人再也无法忍受无风的生活，而是在以不同的心情期待着风的来临。这样，无风的时刻，生命便不会是凝固的雕塑了，尽管表面上看起来很平静。在这个世界上，最多变的，其实是人。这是人的优势，也是人的悲哀。

而当风吹来的时候,又会怎么样呢?是呜咽抽泣,还是劲歌狂舞,是保持着本来的形状,还是随风摇摆,成为风的指路牌?当然,还有一种可能,便是被大风拦腰折断……

在风中,我会成为怎样的一种风景?我会不会失去了自己呢?仿佛是为了回答我的困惑,我头顶的树叶在风中发出极为动听的娓娓细语,这低吟浅唱般的细语绝不会将人的思绪引向险恶之处。我的心中,又出现了一首关于风的诗:

听,风在树林里
弹奏着天上的交响曲
风啊,风啊
你这弹琴的老手
我的心弦轻轻地被你无形的手拨动
风啊,风啊
你这弹琴的老手……

记不清这是谁写的诗了。此刻,这首诗以奇妙的方式给了我一个巧妙的答案。我想,作为一个艺术家或者文学家,心里应该有一根不断的琴弦,不管风从什么地方来,不管来的是微风还是狂风,我心中的琴弦自会在风中颤动出属于我自己的音乐。谁也不能改变我的声音……是的,风只能使我的心弦颤动，但绝不能改变这心弦固有的音律。譬如写诗或者写散文，我常常要求在文字中倾吐自己灵魂的声音，展现自己心灵的色彩。那么，风是什么呢？风是我周围的环境，是发生在我周围的大大小小的事件，是影响我情绪的形形色色的人和物，是现实的生活，是正在发展的历史……风是一个巨大而丰富的客体，它们激励着我，启示着我，震撼着我，使我产生写作的欲望。这种激动、启示和震撼，便是风的手指拨动了我的琴弦。然而我的歌唱并非简单地描述风，它们永远不能替代我的主观世界，替代我的心灵。我在风中歌唱，却绝不是追风趋时，也不是违心地去媚俗。我相信，真正的作家，在相同的风中必定会唱出不同的心曲。就像我身边的树林和湖泊，前者在风中以枝叶低语，后者在风中波纹荡漾……

　　风来去无踪，变幻不定，而真挚的心灵之声，应该具有永久的魅力。

　　等我再看眼前的湖水时，微风正从湖上掠过。只见湖面上泛起一片片细密而整齐的波纹，就像是金鱼的鳞片。这时，站在湖边能感觉到微风扑面。这微风中的湖，是一条金光闪烁的大鱼了……

　　离开庐琴湖时，我似乎若有所失，也似乎若有所得。

一九九三年六月十四日于四步斋

光　阴

谁也无法描绘出他的面目。但世界上到处能听到他的脚步。

当枯黄的树叶在寒风中飘飘坠落时,当垂危的老人以留恋的目光扫视周围的天地时,他还是沉着而又默然地走,叹息也不能使他停步。

他从你的手指缝里流过去。

从你的脚底下滑过去。

从你的视野你的思想里飞过去……

他是一把神奇而又无情的雕刻刀,在天地之间创造着种种奇迹。他能把巨石分裂成尘土,把幼苗变成大树,把荒漠变成城市和园林。他也能使繁华之都衰败成荒凉的废墟,使闪亮的金属爬满绿锈,失去光泽。老人额头的皱纹是他镌刻出来的,少女脸上的红晕也是他描画出来的。生命的繁衍和世界的运动全都由他精心指挥着。

他按时撕下一张又一张日历,把将来变成现在,把现

光阴

选入教材：

现当代散文诵读精华
初中卷
2003年
人民教育出版社

在变成过去，把过去变成越来越远的历史。

他慷慨。你不必乞求，属于你的，他总是如数奉献。

他公正。不管你权重如山，腰缠万贯，还是一介布衣，两袖清风，他都一视同仁。没有人能将他占为己有，哪怕你一掷千金，他也决不会因此而施舍一分一秒。

你珍重他，他便在你的身后长出绿荫，结出沉甸甸的果实。

你漠视他，他就化成轻烟，消散得无影无踪。

有时，短暂的一瞬会成为永恒，这是因为他把脚印深深地留在了人们的心里。

有时，漫长的岁月会成为一瞬，这是因为风沙淹没了他的脚印。

老人和夕阳

太阳失去了耀眼的光芒,落到离地平线不远的天边。他像一个年近垂暮的老人,用温和慈祥的目光依依不舍地打量着这个曾经被他的热情灼烤过的世界。那些高楼和矮屋,那些大树和小草,那些宽阔或者狭窄、平坦或者崎岖的路,都在他那暗红色的目光里逐渐柔和起来,黯淡起来。他的目光深情然而无力。他的时间不多了。

我在一个车站等车。一位老人挂着一根山藤拐杖,慢慢地从远处走过来。拐杖和地面的叩击声,在宁静的暮色中清晰地响着——

橐、橐、橐、橐……

老人在我面前停住,抬起头来,夕阳映红了他的苍苍白发,也映红了他那双浑浊的眼睛,像两盏快燃到尽头的烛火。他脸上的皱纹密密麻麻,比这座城市的大街小巷还要密集,还要多。他问路,那路在很远的地方,在城市的边缘,坐车可以到达。

选入教材：

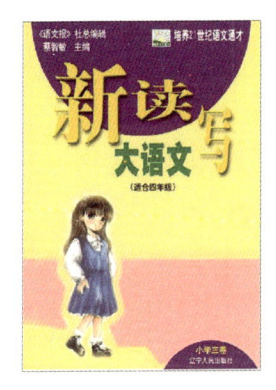

新读写大语文
小学三卷
2002年
辽宁人民出版社

"坐车吧。走路要很长时间呢！"

他摇摇头，脸上露出一种神秘的微笑。

"坐车吧。您年纪大了。"

他还是摇摇头。神秘的微笑在每一条皱纹里流淌……

空荡荡的公共汽车在车站边戛然刹住。门打开了。

"请上车吧。我为您买票。"

他收敛了笑容，固执地摇着头，转身去了。和来时一样，他平静地用拐杖点着地面，慢慢地朝前面走，走向只剩下半边血红脸的夕阳。

汽车从他的身边开过去，响亮地鸣了一声喇叭。

我，还在车站上站着，我久久地目送着他的背影长长地投在路面上，我也忘记了上车。

看来，没有谁能劝阻他的。他一辈子都是这样走着，靠自己的脚追求自己的目标，他一定到过很多他想到的地方……

明天早晨，太阳还会回来，并且会变得年轻，变得容光焕发的。他呢？

他慢慢地隐没在越来越幽暗的夕照中，只留下越来越轻微的拐杖叩地声：

橐、橐、橐、橐……

一九八四年六月二十九日

童 年 笨 事

如果回想一下,每个人儿时都会做过一些笨事,这并不奇怪,因为儿时幼稚,常常把幻想当成真实。做笨事并不一定是笨人,聪明人和笨人的区别在于:聪明人做了笨事之后会改,并且从中悟出一些道理,而笨人则屡错屡做,永远笨头笨脑地错下去。

我小时候笨事也做得不少,现在想起来还会忍不住发笑。

追"屁"

五六岁的时候,我有个奇怪的嗜好:喜欢闻汽油的气味。我认为世界上最好闻的味道就是汽油味,比那种绿颜色的明星牌花露水味道要美妙得多。而汽油味中,我最喜欢闻汽车排出的废气。于是跟大人走在马路上,我总是拼命用鼻子吸气,有汽车开过,鼻子里那种感觉真是妙不可言。有一次跟哥哥出去,他发现我不停地用鼻子吸气,便问:

"你在做什么？"我回答："我在追汽车放出来的气。"哥哥大笑道："这是汽车在放屁呀，你追屁干吗？"哥哥和我一起在马路边前俯后仰地大笑了好一阵。

笑归笑，可我的怪嗜好依旧未变，还是爱闻汽车排出来的气。因为做这件事很方便，走在马路上，你只要用鼻子使劲吸气便可以。后来我觉得空气中那汽油味太淡，而且稍纵即逝，闻起来总不过瘾，于是总想什么时候过瘾一下。终于想出办法来。一次，一辆摩托车停在我家弄堂口。摩托车尾部有一根粗粗的排气管，机器发动时会喷出又黑又浓的油气，我想，如果离那排气管近一点，一定可以闻得很过瘾。我很耐心地在弄堂口等着，过了一会儿，摩托车的主人来了，等他坐到摩托车上，准备发动时，我动作敏捷地趴到地上，将鼻子凑近排气管的出口处等着。摩托车的主人当然没有发现身后有个小孩在地上趴着，只见他的脚用力踩动了几下，摩托车呼啸着箭一般窜出去。而我呢，趴在路边几乎昏倒。

那一瞬间的感觉，我永远不会忘记——

选入教材：

河北省义务教育初级中学新课程
语文读本（实验本）第一册
2001年
河北大学出版社

随着那机器的发动声轰然而起，一团黑色的烟雾扑面而来，把我整个儿包裹起来。根本没有什么美妙的气味，只有一股刺鼻的、几乎使人窒息的怪味从我的眼睛、鼻孔、嘴巴里钻进来，钻进我的脑子，钻进我的五脏六腑。我又是流泪，又是咳嗽，只感到头晕眼花、天昏地黑，恨不得把肚皮里的一切东西都呕出来……天哪，这难道就是我曾迷恋过的汽油味儿！等我趴在地上缓过一口气来时，只见好几个人围在我身边看着我发笑，好像在看一个逗人发乐的小丑。原来，猛烈喷出的油气把我的脸熏得一片乌黑，我的模样狼狈而又滑稽……

从此以后，我开始讨厌汽油味，并且逐渐懂得，任何事情，做得过分以后，便会变得荒唐，变得令人难以忍受。

囚 蚁

童年时曾经认为世界上所有的动物都可以由人来饲养，而且所有的动物都可以从小养到大，就像人一样，摇篮里不满一尺长的小小婴儿总能长成顶天立地的大巨人。连蚂蚁也不例外。在歌子里唱过"小蚂蚁，爱劳动，一天到晚忙做工"，所以对地上的蚂蚁特别有好感，常常趴在墙角或者路边仔细观察它们的活动，看它们排着队运食物、搬家，和比它们大无数倍的爬虫和飞虫们作战……大约是五岁的时候，有一天我和妹妹忽发奇想：为什么不能把蚂蚁们放到玻璃瓶里养起来呢？像养小鸡小鸭那样养它们，给它们吃，给它们喝，它们一定会长大，长得比蟋蟀和蝈蝈们还要大。

这件事情并不复杂。找一个有盖子的玻璃药瓶，然后将蚂蚁捉到瓶子里，我们一共捉了十五只蚂蚁，再旋紧瓶盖。这样，这十五只蚂蚁便有了一个透明整洁的新家。我和妹妹兴致勃勃地观察着蚂蚁们在瓶子里的动静，只见它们不停地摇动着头顶的两根触须，急急忙忙地在瓶子里上下来回地走动，似乎在寻找什么。我想它们大概是饿了，便旋开瓶盖投进一些饭粒，可它们却毫无兴趣，依然惊惶不安地在瓶里奔跑。它们肯定在用它们的语言大声喊叫，可惜我听不见……第二天早晨起来，第一件事情就是看玻璃瓶里的蚂蚁。只见那十五只蚂蚁横七竖八躺在瓶底下，安安静静地一动也不动，它们全都死了。我和妹妹很是伤心了一阵，想了半天，得出结论：是因为药瓶里不透气，蚂蚁们是闷死的。现在想起来，更可能是瓶里药味使小蚂蚁们送了命。

原因既已找到，新的办法便随之而来。

义务教育课程标准实验教科书
语文 六年级上册
2007 年
湖北教育出版社

我找来一只火柴盒子，准备为蚂蚁们做一个新居。怕它们再闷死，我命令妹妹用大头针在火柴壳上扎出一些小洞眼，作为透气孔。当时已是深秋，天气有些冷，于是妹妹又有新的担忧："火柴盒里很冷，小蚂蚁要冻死的！"对，想办法吧。在妹妹的眼里，我这个比她大一岁的哥哥是无所不能的。我果然想出办法来：从保暖用的草饭窝里抽出几根稻草，用剪刀将稻草剪碎后装到火柴盒里，这样，我们的蚂蚁客人就有了一个又透气又暖和的新窝了。我和妹妹又抓来一些蚂蚁关进火柴盒里，还放进一些饼干屑，我们相信蚂蚁们会喜欢这个新家。遗憾的是不能像玻璃瓶一样在外面可以观察它们了。但可以用耳朵来听，把火柴盒贴在耳朵上，可以听见它们的脚步声。这些的声音极其轻微，必须在夜深人静时听，而且要平心静气地听。在这若有若无的微响中，我曾经有过不少奇妙的遐想，我仿佛已看见那些快乐的小蚂蚁正在长大，它们长出了美丽的翅膀，像一群威风凛凛的大蟋蟀……

　　然而我们的试验还是没有成功。不到两天时间，火柴盒里的蚂蚁们全都逃得无影无踪。我也终于明白，蚂蚁们是不愿意被关起来的，它们宁可在墙角、路边和野地里辛辛苦苦地忙碌搏斗，也不愿意在人们为它们设置的安乐窝里享福。对它们来说，没有什么比自由的生活更为可贵。

跳 河

在几十双眼睛的注视下,我爬上了苏州河大桥的水泥桥栏。我站得那么高,湍急的河水在我脚下七八米的地方奔流。我闭上眼睛,深深地吸了一口气,准备往下跳,然而脚却有点儿发抖……

背后有人在小声议论——

"喔,这么高,比跳水池的跳台还高!这孩子敢跳?"

"胆子还真不小!"

"瞧,他有些害怕了。"

"……"

议论声无一遗漏,都传进了我的耳朵。于是我闭上了眼睛,又深深地吸了一口气……

这还是读初中一年级时的事情。放暑假的时候,我常常和弄堂里的一批小伙伴一起下黄浦江或者苏州河游泳。有一天,看见几个身材健美的小伙子站在苏州河桥栏上轮流跳水,跳得又潇洒又优美,使人惊叹又使人羡慕。我突然也想去试一试,他们能跳,我为什么不能呢?小伙伴们知道我的想法后,都表示怀疑,他们不相信我有这样的胆量。我急了,赌咒发誓道:"你们看好,我不跳不姓赵!"看我这么认真,有几个和我特别要好的孩子也为我担心了,他们说:"好了,我们相信你敢跳了。你可千万别真的去跳!""假如'吃大板'，那可不是闹着玩的！"（"吃大板"，指从高空落水时身体和水面平行接触，极危险）可是再也没有人能够阻拦我的决心。我爬上桥栏时，小伙伴们都为我捏一把汗，有几个甚至不敢看，躲得远远的……

然而当我站到高高的桥栏上之后，却真的害怕起来，尤其是低头看桥下的流水时，只觉得头晕目眩。在这之前，我从未在超过一米以上的高度跳下水，现在一下子要从七八米高的地方跳入水中，而且没有任何准备和训练，真是有点冒险。如果"插蜡烛"，保持直立的姿势跳下去，危险性要小些，但肯定会被人取笑。头先落水呢，一点把握也没有……我犹豫了几秒钟。在听到背后围观者的议论时，我一下子鼓起勇气：头先落水！

我眼睛一闭，跳了下去。但结果非常糟糕，因为太紧张，落水时身体蜷曲着，背部被水面又狠又闷地拍了一下，几乎失去知觉。挣扎着游上岸时，发现背脊上红红的一大片。不过，这极不潇洒的一跳，却使我懂得了怎样才能使身体保持平衡。

"这一跳不行，我重跳。"当小伙伴们拥上来时，我喘着气宣布了我的决定。不管他们怎样劝阻，我还是重新爬上了桥栏。我又跳了两次。尽管我看不见自己落水时的姿势，但从伙伴们的赞叹和围观者的目光来看，后两次跳水我是成功了。

我的父母和学校的老师从来不知道我曾到江河里游泳，更不知道我还敢从桥头往河里跳。他们也许不会相信，这样一个经常埋头在书中的文质彬彬的好学生，竟然会做出这种只有顽童才会去干的冒险行动。然而我确确实实这样干了，干得比顽童还要大胆。

为逞一时之强而去冒这样的险，似乎有点蠢，有点不值得，但我因此而树立了这样的信念：凡是我想要做的，我一定能够做到。随着年龄的增长，这信条越来越明确。尽管以后我也不断地有过失败和挫折，但我从没有轻易放弃过自己所追寻的理想和目标。

太 湖 夕 照

太阳疲疲软软枕在了山脊上,再射不出刺眼的光芒,只是无力地流出橘红的色彩,流在天上,流在湖里……

太湖凝固成静静的一幅水彩画了。湖面像一块巨大的镜子,平滑得不见一丝波纹,天光似乎全被深深地吸进湖底,没有亮色泛出来,这镜子是黯淡的。湖心几只舟子,是镜中的几点黑斑,水天交界处那些青紫色的山影,是一圈弯弯曲曲的镜框,这不规则的镜框艺术得天下无二,谁也无法复制它们。

天色却是极斑斓极辉煌的。那落日周围,眼花缭乱的一片,仿佛是泼翻了一大盘荧光颜料,五颜六色亮晶晶的掺和在一起。也许是在燃着许多人世间罕见的宝物,于是才吐出这许多人世间罕见的火焰。火光正逐渐幽下去。

一棵苍劲的老松,孤独地立在湖畔。已经分辨不清枝叶的色彩和层次,只有黢黑一片剪影,一动不动地贴在水天之间,上半截在天幕,下半截在湖面。那些伸向水天的枝干分明是一些手，激动地伸出来，想要挽留什么，却又无可奈何地僵持在那里了。

太阳被黑沉沉的山影吞噬了。天色随即暗下来，太阳消失的地方一片黛紫深红，再往上去，便是深深的蓝，无边无际的蓝，星空下静海一般的蓝……

湖水失去了边界。湖山交接的地方，被一缕缕烟雾遮盖了。起伏的山峰于是都飘浮在紫红的天幕上，像一群腾空而起的骆驼，在幽暗的空中逐渐隐去……

终于什么也看不清楚了。湖、山、树影，全都融化在冥冥暮色里。风不知从什么地方溜出来，缓缓地在暗中踱着步，它的脚步化作了轻微的涛声和窸窸窣窣的树叶声……

星星悄悄地蹦了出来，一颗、两颗、三颗……像一些好奇的眼睛，俯视着被夜幕笼罩的茫茫太湖。有两颗星星落在了湖里，并且飘然浮移着，恍若梦游的萤火——那是舟子上的风灯。

选入教材：

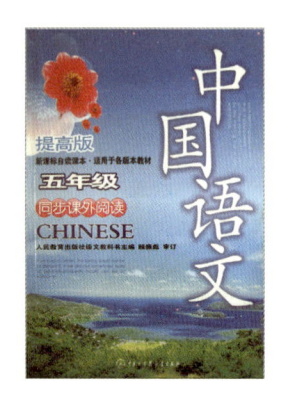

新课标自读课本
中国语文 五年级同步课外阅读
2006 年
中国大百科全书出版社

不褪色的迷失

日子在一天一天过去。逝去的岁月像从山间流失的溪水,一去不复返。回过头看一看,常常是云烟迷蒙,往事如同隐匿在雨雾中的树影,朦胧而又迷离。那么多的经历和故事搅和在一起,使记忆的屏幕变得一片模糊……

还好有一样东西改变了这种状况。它就像奇妙的魔术,不动声色地把逝去的岁月悄然拽回到你的眼前,使你情不自禁地感慨:哦,从前,原来是这样的!

这奇妙的魔术是什么呢?我的回答也许使你觉得平淡无奇,是摄影。

不过你不妨试一试,翻开你的影集,看看你从前的照片,看会产生什么感觉。如果你自己也是一个摄影爱好者,那么,看看自己从前亲手拍摄各种各样的照片,又会有什么感想。

我的才八岁的儿子,在一次看他刚出生不久的一张洗澡的照片时惊讶地大叫:"什么,我那时那么年轻!连衣服也不穿呐!啊呀,太不好意思啦!"

我一边为儿子的天真忍俊不禁，一边也有同感产生。是啊，我们都曾经那么年轻，那么天真。那些发了黄的旧照片，会帮我们找回童年或者幼年时的种种感觉。

我儿时的照片留下的很少，就那么两三张。有一张一寸的报名照，是不到三岁时拍的。照片上的我，胖乎乎的脸，傻呵呵的表情，眼睛里流露出惊恐和疑问，还隐隐约约含着几分悲伤……看这张照片，使我很自然地回忆起儿时的一个故事。那是我最初的记忆之一。

那是我三岁的时候。有一次，跟父亲出门，在一条马路上走失在人群中。开始还不知道什么叫害怕，以为父亲会像往常一样，马上就会出现在我的面前，将我抱起来，带回家中。然而我跌跌撞撞在马路上乱转了很久，终于发现父亲真的不见了。我惊悸的大叫引起很多行人的注意，数不清的陌生面孔团团地将我围住，很多不熟悉的声音问我很多相同的问题……然而我不愿意回答任何问题，因为我以为是父亲故意丢弃了我，我无法理解一向慈眉善目的父亲怎么会就这样把

选入教材：

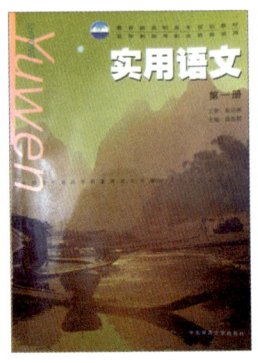

教育部高职高专规划教材
实用语文 第一册
2000年
华东师范大学出版社

我扔在陌生人中间，自己一走了事。我以为我从此再也见不到自己的父母了，小小的心灵中充满了恐惧、悲哀和绝望。我一声不吭，也不流泪。被人抱着在街上转了几个小时之后，有人把我送到了公安局。一个年轻的女民警态度和善地安慰我，哄我，给我削苹果。另一个年轻的男民警在一边不停地打电话，听他在电话里说的话，我知道他是在帮我找爸爸。我在女民警的哄劝下吃了一个苹果，然而心里依然紧张不安。眼看天渐渐地暗下来，还没有父亲和家里的消息。我呆呆地望着窗外，恐惧和惊慌一阵又一阵向我袭来。尽管那位女民警不停地在安慰我："你别急，爸爸就要来了，他已经在路上了，过一会儿，你就能看见他了！"但我不相信。我想，父亲大概真的不要我了，要不，他怎么天黑了还不来呢？

就在我惊恐难耐的时候，女民警突然对着门口粲然一笑，口中大叫道："瞧，是谁来了？"我回头一看，只见父亲已经站在门口。

我永远也忘不了父亲当时的模样和表情。他那一向很注意修饰的头发乱蓬蓬的，脸似乎也消瘦了一圈。当我扑到父亲的怀抱里时，噙在眼眶里的泪水一下子夺眶而出，委屈、激动、欢喜和心酸交织在一起，化作了不可抑制的抽泣和眼泪。当我抬起头来看父亲的时候，不禁一愣：父亲的眼睛里，也噙满了泪水！在我的心目中，父亲是不会哭的，哭是属于小孩子的专利。父亲的泪水使我深深地受到了震动。父亲紧紧地抱住我，口中喃喃地、语无伦次地说着："我在找你，我在找你，我找了你整整一天，找遍了全上海，你不知道，我是多么着急……"

此刻，在父亲的怀抱里，我先前曾产生过的怀疑和怨恨顷刻烟消云散。我尽情地哭着，痛痛快快哭了个够。哭完之后，我才发现，那一男一女两位警察一直在旁边微笑着注视我们父子俩。这时，我又不好意思地笑了。那个男警察摸着我的脑袋，笑着打趣道："一歇哭，一歇笑，两只眼睛开大炮……"这是当时的孩子人人都知道的一首儿歌。于是我们四个人一起笑起来……

从公安局出来，父亲紧拉着我的手走在灯光灿烂的大街上。他问我："你想吃什么？我给你买。"我什么也不想吃，只想拉着父亲的手在街上默默地走，被父亲那双温暖的大手紧握着，是多么安全多么好。然而父亲还是给我买了一大包好吃的东西，让我一路走，一路吃。走着，走着，经过了一家照相馆，看着橱窗里的照片，我觉得很新鲜。长这么大，我还没有进照相馆拍过照呢。橱窗里的照片上，男女老少都在对着我开心地微笑。我想，照相一定是一件很有趣的事情。父亲见我对照片有兴趣，就提议道："进去，给你照一张相吧！"面对着照相馆里刺眼的灯光，我的眼前什么也看不见，父亲又消失在幽暗之中。于是我情不自禁又想起了白天迷路后的孤独和恐惧。摄影师大喊："笑一笑,笑一笑……"我却怎么也笑不出来。当快门响动的时候,我的脸上依然带着白天的表情。于是,就有了那张一寸的报名照。在这张小小的照片上,永远地留下了我三岁时的惊恐、困惑和悲伤。尽管这只是一场虚惊。看这张照片时,我很自然地会想起父亲,想起父亲为我们的走散和团聚而流下的焦灼、欢欣的泪水。父亲在找到我时那一瞬间的表情,是他留在我记忆中的最清晰最深刻的表情。从那一刻起,我知道了,父亲和孩子一样,也是会流泪的,这是多么温馨多么美好的泪水啊……

照片上的我永远是童稚幼儿,可是岁月却已经无情地染白了我的鬓发。而我的父亲,今年八十三岁,已经老态龙钟了。从拍这张照片到现在,有四十年了。四十年中,发生了多少事情,时事沉浮,世态炎凉,悲欢离合……可四十年前的那一幕,在我的记忆中却是特别的清晰,特别的亲切,仿佛就在昨天,仿佛就在眼前。岁月的风沙无法掩埋儿时的这一段记忆。当我拿出照片,看着四十年前我的茫然失措的表情,不禁哑然失笑。四十年的漫长时光在我凝视照片的一瞬间消失得无影无踪……哦,父亲,在我的记忆中,你是不会老的。看到这张照片,我就仿佛看见你正在用急匆匆的脚步,满街满城地转着找我……而我,什么时候离开过你的视线呢?

前些日子,我,我的妻子,还有我的九岁的儿子,陪着我高龄的父母来到西湖畔。久居都市,接触大自然的机会越来越少,我想陪他们在湖光山色中散散心,也想在西湖边上为他们拍一些照片。在西湖边散步时,我向父亲说起了小时候迷路的事情,父亲皱着眉头想了好久,笑着说:"这么早的事情,你怎么还记得?"我说:"我怎么会忘记呢?永远也忘不了,你还记得吗,那时,你还流泪了呢!"

父亲凝视着烟雨迷蒙的西湖,久久没有说话。我发现,他的眼角里闪烁着亮晶晶的泪花……

一九九三年五月十五日于四步斋

人生是一本书

人生是什么?

有人说,人生是一场赛跑,人人都在追赶着自己的目标,一辈子步履匆忙,气喘吁吁,却永远也无法抵达你心中的终点。

有人说,人生是一次旅游,你降临到这个广阔丰繁的世界,一生一世就在天地之间游历。有的人云游四海,浪迹五洲,熟视人间百态,阅尽世事沧桑,有的人却如井底之蛙,穷尽一生,只看见头顶一方狭窄的天空。

有人说,人生是一次赌博,所有的幸福和成就,所有的悲剧和失落,都是赌博的结果。

有人说人生是一场梦,你身上和你周围发生的一切,喜怒哀乐,荣辱沉浮,都不过是梦境,一切都是虚幻,一切都转瞬即逝。

也有人说,人生是一本书,这本书的作者,就是你本人。

人生是一本书。我欣赏这种说法。

那么，人生一本怎么样的书呢？有的人一生坎坷，历尽磨难，但他的人生之书却引人入胜，使人百读不厌。有的人飞黄腾达，青云有路，然而他的人生之书却字迹歪斜，不堪卒读。有的人一生平平淡淡，没有跌宕起伏，没有惊涛骇浪，然而他的人生之书却丰富细腻，犹如曲径通幽的花园。有的人一生叱咤风云，指点江山，在生活的舞台上演出了一出又一出万人瞩目的悲喜剧，他们的人生之书却常常含混不清，使读者不得要旨……

每一个人的人生之书都是不一样的，世界上有多少人，就有多少本不同的人生之书，绝不会有一本重复。这本书，你天天在写，你周围的人天天在读。只要生命在延续，这本书就要一页一页由你自己往下写，一页一页被世人往下读。

时光不可能倒流，人间也没有后悔药。经历过的事情，无法重复，更无法再来一次。你的人生之书既然已经打开，既然已经翻过去很多页，那么，且不要管翻过去的那些内容，注重即将翻开的新的页码吧。

选入教材：

中等职业教育国家规划教材
语文（提高版）第三册
2002 年
高等教育出版社

我想，一个人，如果曾经认真的生活过，追寻过，思索过，真心诚意地爱过，奋不顾身地拼搏过，那么，不管你的地位如何，不管你的境遇如何，不管你是一贫如洗还是万贯缠身，你的人生之书不会苍白虚浮。

一九九九年六月二十六日于四步斋

流水和高山

在宁静的西湖畔,凝视波光潋滟的水面,我的心里回荡着音乐。

在九寨沟,欣赏那些水晶一般清澈晶莹的流水时,我的心里回荡着音乐。

在黄山,惊叹着群山千姿百态的变化时,我的心里回荡着音乐。

在黄河边上,看那浑浊的急流翻卷着漩涡滔滔奔泻,我的心里回荡着音乐。

在峨眉山顶,俯瞰着在翻腾的云海中起伏的群山,我的心里回响着音乐。

坐船经过长江三峡的时候,面对着汹涌的急流和峻峭的危岩,我的心里回响着音乐。

……

面对着流水和高山,我想起了人类历史上两位最伟大的音乐家,他们是贝多芬和莫扎特。

选入教材：

高等职业教育教材
高职语文
2006年
高等教育出版社

也许有人会说，置身于中国的山水，你的心里为什么会回荡外国人的音乐？我想，答案其实很简单，美好的音乐没有国界，它们无须翻译，无须解释，便能毫无阻拦地逾越语言和民族的藩篱，沟通人类的心灵，拨动情感之弦。在大自然奇妙的韵律中，想起这两位音乐家，在我是情不自禁的事情，听他们的音乐时，我不觉得他们是外国人，只感觉他们是和我一样的人，他们用音乐表达对世界和生活的看法，用音乐抒发他们心中的诗意。他们的音乐感动了我，激动了我，他们的音乐把大自然和人的情感奇妙地结合为一体，使我恍然觉得自己也成了大自然的一部分，成了音乐中的一个音符。记得很多年前，在一些愁苦的日子里，我把自己关在屋子里，一遍又一遍倾听莫扎特的钢琴协奏曲，从他儿时创作的第一钢琴协作曲，一直到他晚年写的第二十七钢琴协奏曲，听这些优美的钢琴曲，如同沿着一条迂回在幽谷中的溪涧散步，清凉晶莹的流水洗濯着我的疲惫的双脚，驱散了我心头的烦恼。

莫扎特的音乐如同清澈的流水，在起伏

的大地上流淌。这流水时而平缓时而湍急,然而它们永远不会失去控制,始终保持着优美的节奏,它们在风景如画的旅途上奔流,绿荫在它们的脚下蔓延,花朵在它们的身边开放,百鸟在它们的涛声中和鸣,有时,也有凄凉的风在水面吹拂,枯叶像金黄的蝴蝶,在风中飘舞……这样的景象,决不会破坏它们带来的美感。莫扎特的旋律中有欢乐,也有悲伤,但,没有发现他的愤怒。莫扎特可以把人间的一切情绪都转化为美妙动人的旋律,甚至他的厌恶。这是他的神奇所在。他的追求,何尝不是艺术的一种理想的境界?在人类艺术的长河中,有几个人能达到这样的境界?莫扎特为法国圆号写过几首协奏曲,都是为当时的一个业余法国圆号演奏家所作。莫扎特看不起这个没有受过多少教育的演奏家,在写给他的曲谱上,莫扎特用"笨驴""牛""笨瓜"这样的词儿来称呼这位演奏家,其厌恶之心溢于言表。然而不可思议的是,他在曲谱上写出的旋律,却是人间少有的优雅的音乐,这些音乐当时就让人着迷,它们一直流传到现在,能使现代人也陶醉在它们那迷人的旋律中。所以有人说,莫扎特是上帝派到人间来传送美妙音乐的特使。我想,只要人类存在一天,莫扎特的音乐就会存在一天,人世间的变化再大,人类也不会拒绝莫扎特的音乐,就像人类永远不会离开奔流的流水。

  曾经听到一些自称喜爱音乐的人宣称:不喜欢莫扎特。

莫扎特太甜美。仿佛喜欢了莫扎特，就是一种浅薄。这样的看法使我吃惊。在人类的历史上，有哪个音乐家为这个世界创造了如此丰富众多的美妙旋律？创造美，竟然可以成为一种罪过，岂不荒唐。我听过莫扎特生前创作的最后几部作品，他的第四十交响曲，他的《安魂曲》。这些在贫病交迫的境况中写成的音乐，把忧伤和困惑隐藏在优美迷人的旋律中，听这些旋律，只能使人对生命产生依恋，只能对生活产生憧憬。一个艺术家，面对着穷困和死神，依然为世界唱着美丽的歌，这是怎样的一种境界？把这样的境界称之为"浅薄"，那才是十足的浅薄。

听贝多芬的交响曲，很少有人不被他的激情所振奋。即便是那些对音乐没有多少了解的人，也能在他气势磅礴的旋律中感受到生机勃勃的力量，感受到一种居高临下，俯瞰大地的气概。就像读杜甫的《望岳》，"会当凌绝顶，一览众山小。"音乐家把心中的音符倾吐在乐谱上时，灵魂中涌动着多少澎湃的激情？贝多芬的其他曲子，也有相似的特点。我很难忘记第一次听贝多芬的第五钢琴协奏曲时的印象，当钢琴高亢激昂的声音突然从协奏的音乐中迸出时，我的眼前也出现了流水，不过这不是莫扎特的那种缓缓而动的优雅的流水，而是从悬崖绝壁上倾泻下来的飞瀑，是从高耸入云的阿尔卑斯山上一泻千里的急流，这急流挟裹着崩溃的积雪和碎裂的冰块，它们互相碰撞着，发出惊天动地、惊心动魄的轰鸣。我无法理解，这样的音乐，为什么会有《皇帝》这么一个别名，不喜欢皇帝的贝多芬，难道会喜欢用《皇帝》来为这样一部激情铿然的作品命名？如果用《阿尔卑斯山》作为这部钢琴协奏曲的名字，该是多么贴切。在莫扎特的音乐中，似乎很少出现这样强烈的、激动人心的声音。如果是莫扎特的河流，他不会让流水飞泻直下，也不会让那些冷冽的冰雪掺和在他的清澈的流水中，他一定会寻找到几个平缓的山坡，让流水减慢速度，委婉地、迂回曲折地向山下流去。这样的流水，当然也是美，不过这是另外一种韵味的美。

在贝多芬的音乐中，我很自然地联想起那些高耸入云的山峰，它们以宽广深沉的大地为基础，以辽阔的天空为背景。它们像自由不羁的苍鹰俯瞰着大地，目光里出现的是大自然的雄浑和苍凉，是人世间的沧桑和悲剧。只有那些博大的灵魂，才可能描绘这样气势浩大的景象。

然而，贝多芬的山峰绝不是荒山。他的山峰上有葱郁的森林，也有清溪流泉。他的钢琴奏鸣曲《月光》，便是倒映着清朗月色的高山湖泊，他的那些优美的钢琴三重奏，便是清澈的山涧，在幽谷中蜿蜒流淌……当音乐跌宕起落，震天撼地时，他的山峰便成了洪峰汹涌的峡谷，轰然喷发的火山。

曾经听一位西方的指挥家这样评论贝多芬：他把心中

的愤怒、焦灼和困惑直接用音乐宣泄出来。在他之前，还没有人这样做。这就是现代音乐和古典音乐的分界。这样的结论，对于音乐史或许有些武断，但作为对贝多芬的评价，却一点没有错，这大概正是贝多芬对现代音乐的贡献。把心中那些复杂焦虑的情绪化为音乐的旋律，也许改变了古典的和谐优雅，使有些人觉得惊愕，觉得不那么顺耳，然而这种复杂心情，绝非贝多芬一人心中所独有，他用如此强烈激荡的形式把这种心情表达了出来，当然能使无数人产生共鸣。对那些萎靡不振、沮丧悲观的灵魂，贝多芬的音乐是一帖良药。正如萧伯纳在《贝多芬百年祭》所说：他不同于别人的地方，就在于他那令人激动的性格，他能使我们激动，并把他那奔放的激情笼罩着我们。贝多芬的音乐是使你清醒的音乐。

　　如果有人问我：面对着这样的流水和这样的高山，你更喜欢谁？我很难回答这问题。最近读法国钢琴家大卫·杜波的《梅纽因访谈录》，书中，大卫·杜波问梅纽因：在贝多芬和巴哈、莫扎特之间，谁更伟大？这问题使梅纽因颇费神思。他这样回答："我没有必要把他们摆到同一水平线上去衡量，但我的生活中的确不能缺少他们之中的任何一位，除了贝多芬，我也不能没有莫扎特、巴哈、舒伯特及其他许多人。"我想，在音乐的世界里，不能没有贝多芬，也不能没有莫扎特，少了他们两位中的任何一位，这世界就是残缺的。在这两个音乐大师中，谁也无法下结论说哪个更伟大，更了不起。就像在评价中国的唐诗时，你很难说李白和杜甫这两位大诗人中，谁更伟大，谁更了不起。如果把莫扎特比作流水，那么，贝多芬就是高山。流水和高山，都是大自然中最精彩的风景，流水的活泼清逸和高山的峻拔秀丽，同样令人神往。我们的大地上，不能没有流水，也不能没有高山。高山和流水，常常是那么难以分割地连在一起。高山因流水而更显其伟岸，流水因高山而更跌宕活泼。没有高山，也就不会有流水，而没有流水的高山，则必定是荒山。我并不关心人们怎样为莫扎特和贝多芬的音乐风格定义。古典主义也罢，浪漫主义也罢，这些的帽子，怎么能罩住音乐塑造的丰富形象和复杂微妙的情感？

听莫扎特的音乐，你可以坐下来，静静地欣赏，犹如面对着水色潋滟、风光旖旎的湖水。你会情不自禁地陶醉在他的音乐中，让想象之翼作彩色的翔舞。

听贝多芬的音乐，令人激动，令人坐立不安。在那些跌宕起落的旋律中，你仿佛急步走在崎岖的山道上，路边万千气象，让你目不暇接。你也很可能产生这样的担忧：前面，会不会突然出现一个悬崖，会不会一失足跌落进万丈深渊？

这样的境界，都是诗意盎然的人生境界。

是的,莫扎特和贝多芬,常常使我想起中国的李白和杜甫。李白和杜甫虽然都生活在盛唐,却是一前一后,擦肩而过。然而两个人的诗歌一起留了下来,成为那个时代留给世界的最响亮最美妙的声音。李白和杜甫相处的时间极短,却互相倾慕、互相理解,并将文人间这种珍贵的友谊保持终身。"白也诗无敌,飘然思不群。""笔落惊风雨,诗成泣鬼神。"这是年轻的杜甫对李白的赞叹。"不愿论簪笏,悠悠沧海情。"这是诗人对诗艺和友情的见解。而李白一点也没有因为年长于杜甫而摆架子,两人结伴同游齐鲁,陶醉于山水,分手后,互寄诗笺倾诉别情。李白诗曰:"思君若汶水,浩荡寄南征。"杜甫也以诗抒怀:"寂寞书斋里,终朝独尔思。""罢席惆怅月照席,几岁寄我空中书?"李杜之间的友情一如高山流水,绵延不绝。莫扎特和贝多芬也是同一时代的两位大师。对贝多芬来说,莫扎特是长者,是前辈,在艺术上,贝多芬对莫扎特满怀敬意,称他是"大师中的大师"。尽管他对莫扎特的生活态度不以为然。而莫扎特生前听到尚未出道的贝多芬的曲子后,也曾真诚地预言说:"有一天,他会名扬天下。"较之李白和杜甫,莫扎特和贝多芬之间的交流也许更少,两人之间大概也谈不上有什么友谊,但是作为音乐家,他们的心是相通的。在莫扎特《天神交响曲》震撼天地的旋律中,贝多芬大概终于忘记他所有的成见,因情感共鸣而手舞足蹈了……

莫扎特和贝多芬的时代早已远去。欣赏音乐的现代人恐怕不会去计较作曲家当时的身份，也不会去追索他对当时的皇帝持什么态度，更不在乎他当时穿的是"宫廷侍从的紧腿裤"，还是"激进共和主义者的散腿裤"。重要的是音乐本身，如果音乐家在作品中阐述了他对美的特殊理解，倾诉了他美妙的真情，那么，他的音乐就会长久地拨动听者的心弦。因为，他留下的旋律，是人类的心声，是美好感情的结晶，它们不会因为岁月的流逝而消失，也不会因为世事的更迁而变色。最无情的是时间——多少名噪一时的艺术，被时间的流水冲刷得一干二净，原因无他，因为它们不是真正的艺术。最公正最有情的也是时间——生时被误解，被冷落，死时连一口棺材也买不起，然而他的音乐却随岁月之河晶莹四溅地流向了未来。时间对他们来说绝不是坟墓，而是功率无穷的扬声器。

高山巍巍。流水潺潺。能在莫扎特和贝多芬的音乐中徜徉于美妙的高山流水，真是人类的福分。

一九九六年秋日于上海四步斋

希望,展翅飞翔

给我翅膀,给我翅膀,
我是你心中孕育的希望!

我像茧中的蚕
终于咬破自己编织的网。
我像出土的蝉
终于又看见绿荫和阳光。
我像冲出牢笼的小鸟,
我像狂风满帆的桅樯,
我像离弦的鸣镝,
呼啸着射向前方……

给我翅膀,给我翅膀,
我是希望啊,我要飞翔。

我的飞翔是不屈不挠的追寻，
我的飞翔是一往无前的歌唱，
从寒冬飞向春天的绿野，
从黑夜飞向黎明的霞光，
从梦幻飞向沸腾明朗的现实，
从荒漠飞向硕果累累的海洋，
越过所有灰色的屏障，
甩脱一切忧郁和绝望。

给我翅膀，给我翅膀，
我的目标在遥远的地方。

不要蝴蝶的娇柔，
不要蜻蜓的轻狂，
不要蒲公英的随遇而安，
不要候鸟的彷徨流浪，
我的翅膀是雄鹰的翅膀，
我的向往是雄鹰的向往，
任风急雨骤，任山高水长，
我目穷千里，我心驰八荒……

给我翅膀，给我翅膀，

选入教材：

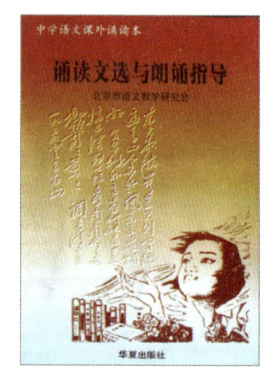

中学语文课外诵读本
诵读文选与朗读指导
2000年
华夏出版社

我是希望啊，我要飞翔。

经历过混沌的雾，我清醒，
冲决了无形的网，我解放，
风沙吹不迷我的眼睛，
寒流冲不垮我的志向，
我的羽毛将在搏击中丰满，
我的筋骨将在奋斗中坚强，
蓝天将因我而辽阔，
前方，闪烁着理想之光……

给我翅膀，给我翅膀，
我是你心中孕育的希望！

一九八二年夏

青　春

世界上，还有什么字眼比"青春"这两个字更动人，更富有魅力？

青春是早晨的太阳，她容光焕发，灿烂耀眼，所有的阴郁和灰暗都遭到她的驱逐。

青春是江河里奔涌的激浪，天地间回荡着她澎湃的激情，谁也无法阻挡她寻求大海的脚步。

青春是一只高飞在天的鸟，她美丽的翅膀像彩色的旗帜，召唤着理想，憧憬着未来。

青春是一棵枝叶葳蕤的树，她用绿色光芒感染着所有生灵，使春天的景象常留在人间。

青春是一支余韵不绝的歌，她把浪漫的情怀和严峻的现实交织在一起，拨动每一个人的心弦。

青春是蓬蓬勃勃的生机，是不会泯灭的希望，是一往无前的勇敢，是生命中最辉煌的色彩……

当我写着上面这些文字的时候，我觉得自己的心跳在

选入教材：

义务教育课程标准实验教科书
同步阅读文库 六年级下册
2003年
北京师范大学出版社

加快,无数年轻时代的往事浮现在记忆的屏幕上。

是的,青春总是和年轻连在一起。年轻人可以骄傲地大声宣布:青春属于我们。一个人,从出生,经历过婴儿、童年、少年、青年和中年,最后进入老年,这是铁定的自然规律,没有任何力量能改变这样的规律。在人的生命中,青年只是其中一个阶段。青春,难道只属于这个阶段?当发现自己鬓发染霜,肢体再不像从前那样灵活,眼睛也不像从前那样锐利明亮时,青年时代便已经成为过去。这时,青春是不是也已经如黄鹤一去不回,只留下和青春有关的回忆,安慰日渐衰老的心?

然而青春并不仅仅是一种物质,她更是一种精神。在青年人的生活中,我感受着青春的活力,在很多中年人和老人的思想中,我也感受到青春的魅力。八年前,我去看望冰心,我和她谈了一个多小时,谈文学,谈人生,也议论社会问题,展望未来的中国。和她谈话,使我忘记了她是一个九十岁的老人,因为,她的感情真挚,思想犀利,她的精神状态中没有一点陈腐和老朽。从冰心的家里回来,我曾写过这样的诗句:"只要心灵不老,只要思想年轻,青春就不会离你远去。"

胜者和败者

有人笑，有人哭

下雪了。雪花儿飘飘悠悠从灰蒙蒙的天空飞下来，学校的操场上一会儿就均匀地白了。仿佛有一双巨大的手，悄悄在那里铺下了一条银白色的绒毯……

上海难得下雪，窗外的雪花使教室里的人都心驰神往。下课铃一响，一群群欢乐的小麻雀就从教室里面飞出来，弄得教室门乒乒乓乓直响。

唯独五（2）班的教室门没有打开。平时最活跃的这一班同学，今天仿佛着了魔，三个一堆，五个一群，又兴奋又紧张。

怎么能不叫人兴奋呢！班主任汤老师宣布了一个新鲜而又迷人的中队活动计划："看谁办报有创造。"让大家自己来办报，三五成群，自由组合，每个人都有机会当主编，当记者和编辑，报的名字和报的内容、形式由自己定。报纸出版后，还要评选出优胜者来。

这可真是太有诱惑力了！班里那些能写会画、学习成绩优秀的同学一个个眉飞色舞，喜笑颜开，人人跃跃欲试，准备大显身手。小编辑部一个一个组合起来。七个平时班上最灵活、最有能力的男生，组成了第一个小编辑部，报名也很快就拟定了：《新世界》。多有气派！还有两个小队长，一个中队长和一个大队委员，再加一个喜欢画画的同学，组成了一个五人编辑部，报名也起得非同一般：《阿凡提》！班里有几个小画家，作品还上过画展，他们很自然地聚到一起，筹划办一个《故事画报》……不多一会儿，自由组合成五个小编辑部，虽然谁也没有宣布什么组合规则，但无形中却有着一条定律：择优录取。看他们一堆堆围在一起有说有笑，指手画脚，真是又神气又自信，报纸还没有办起来，优胜者的金牌似乎已经闪闪烁烁地向他们微笑了。

到最后，全班只剩下七个同学，五个男生，两个女生，谁也不愿意接收他们。五个男生，全是班里出名的"皮大王"，贪玩，

选入教材：

大学语文教材
儿童文学选读
1992年
高等教育出版社

功课差，此刻，他们耷拉着脑袋，脸也红了。唉，谁叫自己平时不做个好学生呢！那两个女生，以前爱独来独往，不合群。那个叫耿晓的小不点儿，竟趴在课桌上轻轻哭起来，两根羊角小辫在脑后伤心地一抖一抖。落脚货，没人要，多丢人！

真是有人喜欢有人愁。

五个男生中有个叫许良骅的，是个又瘦又矮的小不点儿，在全班倒数第一，外号"小老鼠"，平时淘气得出名，而且天不怕地不怕，常常要闯祸。那次看完电影《横冲直撞》，他就学电影中那头疯狂的大象，在校园里又蹦又撞，结果脑门上撞出一个大包来。这会儿，他可蹦不起来了，平日里那种活络劲儿溜得无影无踪。他当然不像耿晓，会哭鼻子，他还想试一试，看能不能加入哪个编辑部去。可是转了一圈，谁也不肯收他。《新世界》的同学用嘲笑的目光打量着他，像看一个怪物："你，你能做什么？我们人够了！"许良骅额头上冒汗了，那些冷冷的眼光，看得他浑身着了火……

而耿晓，索性呜呜地哭出了声。

逼上梁山

啪！许良骅的手重重地拍在桌子上，小眼睛亮晶晶地闪着光："他们不要我们，我们自己干！"

我们五个人！行吗？连作文句子也写不通，办报，述要和那些佼佼者们竞争，这简直荒唐。几个"皮大王"面面相觑，有些怀疑。平时在一起，他们不是玩牌打弹子，就是来"骑马大战"。许良骅玩起来确实有两下子，"骑马大战"时，谁也不是他的对手。可办报又不是"骑马大战"，凭力气就能把对手拉下马来。

啪！许良骅又拍了一下桌子："不要垂头丧气，拿出一点男子汉的勇气来！这就叫逼上梁山！"

好，干吧，谁甘心做被人瞧不起的窝囊废！大家推许良骅做主编。主编有了，可报纸叫什么名字好呢？五个人抓耳挠腮，半天也想不出一个好词儿。当大家叽里呱啦乱说一气时，许良骅一言不发，只是眨着小眼睛想心事，等大家不吭声了，他突然冒出一句来：

"你们看电视吗？有个节目叫'法语入门'，我们也来一扇门怎么样？"

"什么门？"

"知识大门！"

"好！"

于是，他们的报纸也有了一个响亮的名字。

光有名字当然不行，关键还是内容。想不到，五个人认真动动脑筋，点子还不少哩。很快有了好几个栏目："知识幼苗""容易写错的字""小制作"……五个人中个子最高的徐宝军，几乎要高出许良骅一个脑袋，他对猪八戒特别感兴趣，大家提建议时，他灵机一动，说："我们再来个'八戒求知'吧。"这建议引起一阵小小的欢呼……五个"皮大王"，平时屁股一分钟也坐不住，聚在一起只有淘气撒野，现在居然文文静静地坐在一起舞文弄墨起来，这真是破天荒的事情。文章写得疙里疙瘩不通顺怎么办？他们也想出了办法，每个人写好都念出来给大家听，念一句改一句，一直到大家听着顺耳为止。

许良骅还真像个主编呢，他拿出了平时做游戏当"总司令"的劲头，谁负责搜集资料，谁负责誊写，谁负责画报头，他都安排得井井有条。这五个齐心协力的小伙伴，似乎都变了一个人，个个聚精会神、表情严肃，埋头在工作中。窗外的雪花飘得再优美，也未能把他们吸引出去。而那张雪白的纸上，渐渐填满了他们的文章和图画……

再说耿晓吧。她早已擦干了眼泪。在许良骅他们开始行动时，她也找到了另外一位女生顾爱群："来，有什么了不起，我们俩办一张报吧。"她俩起的名字是：《文学天地》。为了同一个目标，这两个不合群的小姑娘拧成了一股绳，配合得融洽而又默契。说来也奇怪，虽然谁也没有办过小报，可真的憋足劲干起来，脑子里奇妙的想法会像泉水一样冒出来。你瞧耿晓，用水彩笔写"五彩泉"三个字时，真的用了五种颜色，而且笔顺弯弯曲曲，就像一道道五彩的水波在流动；写"谜语宫"时，她把那个"宫"字画成了一座宫殿，上面的宝盖头是屋顶，下面两个窗口大开着，正好把一条条谜语写在窗口里面……她们的《文学天地》，还真广阔呢！

优势像雪花一样消散

其他几个小编辑部当然也在忙着。编辑部之间保密，互相提防着，唯恐自己的构思被对方知道。谁也没有把《知识大门》和《文学天地》放在眼里，因为他们都自信，无论哪方面的优势都掌握在自己手中。

最热闹的还是《新世界》。七个人都从家里捧来一大堆刊物，花花绿绿摊了一桌子。七个人都有能耐，都想在《新世界》上露一手。选了张磊当主编，可谁也不买账，不把他放在眼里。到底是班里的尖子生，一会儿就有了十来篇文章。可是难题接着就来了——十来篇文章，篇幅都不短，小小一张报纸根本装不下。然而谁也不愿意把自己的文章收回去，也不愿意删。张磊急得又喊又跺脚，好，这个主编是没法儿当了。张磊于是愤愤然辞职。忙乱中竟丢失了一篇稿子，这下闹得更厉害了。群龙无首，七个人索性采取一个谁也不得罪谁的办法——小报的版面一分为七，每人一块相等的地盘，自己的文章自己来誊，各自为政，互不侵犯。这下可好看了，七个人七种字体，而且几乎每篇文章都嫌长，密密麻麻歪歪斜斜挤成一堆，还伸出一条条破坏形象的"尾巴"……七个人总不能同时在一张纸上写呀,于是只能轮流着写。一个人抄写时,其余人就出去玩雪。办报使不出劲,他们对屋外的雪感兴趣了。可惜雪下得不大,而且很快就开始融化了,脚印凌乱的操场上,已是水汪汪一片,晶莹的雪花变成了浑浊的水,悄无声息地流失了……

雪花融化了。而那些原来自信胜券在握的小编辑们,他们的优势也像雪花一样在消散……

爆炸性新闻

教室后面,悬起一根细铁丝,七张面孔不一的小报一字并排挂在铁丝上,风一吹,哗啦哗啦直响。两天紧张的工作,终于有了结果。全班同学挤在教室后面,仔仔细细欣赏着自己和其他同学的小报,一边看一边轻声议论。评选还没有正式开始,气氛已经有些紧张了。

评选正式开始,全班同学采用无记名投票方式,选举这次办报比赛的优胜者。投票是严肃的,选票上虽然不具名,但大家都懂得它应该代表"公正"。

选举结果揭晓了——

第一名:《文学天地》!

第二名:《知识大门》!

中队长宣布评选结果后,教室里先静了一会儿,马上就响起了热烈的掌声。这是真诚的掌声。

爱嚷嚷的耿晓这时变得羞答答了，只顾低头看自己的手——手上还有水彩笔的颜色呢，那是"五彩泉"的颜色。此刻，她觉得自己真的变成了一条幸福的小鱼，陶醉在一泓美丽的五彩泉里了……

许良骅呢，先是懵头懵脑愣了一会儿，等掌声响起来时，他也忍不住拼命拍起巴掌来。他第一次发现，原来自己并不比别人矮！几天前，许良骅是绝不会相信，他和几个调皮伙伴还能办出份报来！真好像有股神奇的力量一样！而《新世界》的主编和小编辑们，此刻的掌声是惭愧，是发自内心的钦佩，还带有一些迷惘。是的，他们都是有才能的，像一块块有用的建筑材料。但是，他们的失败，却在于少了一些黏合剂……

这几份小小的报纸，给了你一些什么启示呢？

一九八五年秋

新的高度，属于中国

引 子

　　那根黑白相间的横杆，又一次缓缓上升了；那根长达4米的横杆，被搁到了一个新的高度！升起横杆的那两双手，在微微地颤抖……

　　2.37米！跳高电子计数器的屏幕上，显示出一个闪闪发亮的数字。巨大的北京工人体育场沸腾了，千万双眼睛，紧张地盯着那根高高地架在空中的横杆，盯着那个准备冲向横杆的年轻人。郑凤荣、倪志钦，这两位曾经打破世界纪录的跳高老运动员，也坐在人头攒动的看台上睁大了眼睛……年轻人呵，你，真是那个要把人梦想了多少年的愿望变成现实的人吗？你，真是那个将以凌空一跃而震惊世界的人吗？你还那么年轻呵！

　　2.37米！是的，这是一个人类至今未能逾越过的高度。对于这个世界上的数以万计的跳高运动员来说，这是一座未曾有人登临的珠穆朗玛,是一个充满着诱惑却又冷酷无情的高度,多少次雄心勃勃的冲刺,都随着横杆轻轻地抖动、坠落而成为泡影,多少双蓝色的、黄色的、棕色的眼睛,仰望这个高度,一次又一次闪烁出畏惧和沮丧的寒光……

2.37米!是的,他,年仅二十岁的中国跳高运动员朱建华,准备向这个举世瞩目的高度冲击了。他稳稳地站在离跳高架20米远的地方,沉着地用手捋着披到额头上的柔软的头发,仿佛要理一理决战前千头万绪的思路,要放松一下高度紧张的神经,要拭去所有的怯懦和不安,要聚拢起一切意志和力量……

选入教材:

中学语文阅读文选
初中一年级上学期用
1983年
江苏人民出版社

横杆,像一个大大的惊叹号,
迎接他跃向一个又一个新的高度!

哦,亲爱的朋友,请允许我让这个紧张的场面暂且"定格"吧。在朱建华冷静地捋着头发的当儿,让我们喘一口气,细细打量他一番。

他，并没有一般运动员的那种剽悍粗犷，粗粗一看，似乎还有几分书生的文弱和秀气，然而，那1.93米的个头，那颀长灵巧的四肢，那瘦而精干的躯体，那浑身散溢着的虎虎生气和不可抑制的热情，令人信服地告诉你：是他，没错！就是那个不断创造着奇迹的"飞人"！

他确实是世界跳高史上一个充满传奇色彩的人物。内行的人们也许都知道，跳高运动员想提高1厘米成绩，其难度实在不亚于登一座巨峰。从1962年，苏联运动员布鲁梅尔创造2.26米的世界纪录；到1980年，民主德国选手韦西格跳过2.36米，漫长的二十年，世界跳高纪录只增长了10厘米，平均每两年才提高1厘米。而朱建华，从1973年开始跳高，训练不到十年，成绩竟提高了1.23米，平均每年提高10厘米多！

此刻，面对着架在空中的那根超过了世界纪录的横杆，朱建华显得那么沉着，那么冷静，真有一种"大将风度"。是的，他虽然刚满二十岁，在运动场上，却已经是一位身经百战的骁将了。如果回顾一下他所经历过的拼搏，你就不再会惊讶，你将会明白，他的这种"大将风度"是如何形成的。

好，让我们把日历往回翻三年，翻回到1980年6月，让我们随着一群群肤色不同的观众，再一次走进墨西哥城的奥林匹克中心体育场吧！

这里，正在举行"圣地亚哥·中泽"国际田径运动会，绿茵场上强手云集，龙争虎斗。初出茅庐的朱建华，刚刚在意大利举行的世界中学生运动会上以 2.19 米的成绩赢得了跳高金牌，也风尘仆仆地赶来参战了。他的脚上还带着伤，裹着绑带。可谁也不把这位十七岁的中国中学生放在眼里，尤其是夺标呼声最高的苏联运动员穆拉多夫，根本不把朱建华当一回事。

比赛开始后，人们就不得不刮目相看了。穆拉多夫从 1.95 米起跳，朱建华却从 2.04 米起跳，横杆每次升高，朱建华总是轻松地一跃而过。最后，只剩下穆拉多夫和朱建华两个人了。2.15 米，穆拉多夫跳了三次才过去。2.17 米，他跳了两次；朱建华都是一跃而过。2.19 米，两个人都是一次过杆。横杆升到 2.21 米，对朱建华来说，这是一个从未跳过的新高度。穆拉多夫第一次试跳，身体擦到了横杆，但横杆只是轻轻抖了一下，没有掉下来。朱建华跳了两次，失败了；第三次，他咬了咬牙，奋力跳了过去。横杆又上升了 2 厘米。2.23 米，比朱建华刚刚在意大利跳出的最好成绩高出 4 厘米！横杆，似乎偏袒着穆拉多夫，他第一次试跳时，脚又碰到了横杆，结果依然像前一次那样，横杆只是在空中微微抖动着，却不肯掉下来。朱建华又连着把横杆碰下来两次，穆拉多夫微笑了，他昂着头，在场子里溜达起来，嘴里还轻轻吹着口哨。他似乎确信，金牌一定是属于他的了。也许这样溜达、吹口哨，还不足以表现他的乐观，他索性坐下来，解开了鞋带……朱建华的目光和他相遇时，只感到那一对棕色的眼睛里，似乎射过来两束寒光。他激动了！周围的喧嚣和狂呼，一下子从耳畔消失，他只听见自己的心在猛烈地擂着胸膛，擂得他全身热血沸腾。一定要跳过去！要为中国人争一口气！十七岁，在有些人的眼里，还是一个毛孩子哪！可朱建华那稚气未脱的脸上，却早已消失了孩子的天真和稚憨，那紧锁的眉峰，那炯炯的眼神，那抿得紧紧的嘴唇，都显示着男子汉的刚毅，显示着中国青年一代的尊严。这时候，朱建华觉得，他不是代表一个人在和对手较量，而是代表着中华民族，代表着祖国！第三次试跳，他风驰电掣般地冲向高高的横杆，没有一点犹豫，没有一丝畏惧——踏跳，腾空，过杆！成功得干净利落！

好样的，中国小伙子！墨西哥的观众和中国田径队的伙伴们拼命地为朱建华鼓掌，欢呼喝彩的声浪几乎要淹没奥林匹克中心体育场……

这一下，穆拉多夫的潇洒和悠闲顷刻溜得无影无踪，他紧张了，他慌了，他万万没有想到，这个比他年轻的名不见经传的中国小伙子，竟能征服2.23米。鹿死谁手，现在难讲了。

横杆升到2.25米，穆拉多夫第一次试跳失败，横杆不再偏袒他了，从架子上弹下来，飞得远远的。朱建华却仿佛跳神了，第一跳便高高地越过了横杆。穆拉多夫那双棕色的眼睛里，悄悄地弥漫起失望的云雾，他再也发挥不出来，后两次试跳，也都把横杆碰出老远……

庄严的中国国歌响起来了，朱建华胸前挂着金牌，微笑着站在冉冉升起的五星红旗下，又一次体会到了胜利者的欢欣，体会到了为祖国争光的幸福。穆拉多夫折服了，主动过来拉住朱建华的手，发出了由衷的祝贺和赞叹。他怎么也无法想象，这位默默无闻的中国小运动员，怎么能在不到一个月的时间里，把自己的成绩提高了整整6厘米。这实在是奇迹！

……

这场比赛，也许只是朱建华跳高生涯中的一支普通的插曲。他已经在经常不断的拼搏中练出来了，无论比赛如何激烈，无论对手如何高强，他不会紧张，也不会慌乱。他胸怀着崇高的目标，冷静沉着地注视着上升的横杆。横杆，像一个大大的惊叹号，迎接他跃向一个又一个新的高度！1973年"六一"儿童节，朱建华只能跳过1.10米；1981年，在十八岁生日过后不久，他便在日本的一次国际田径赛上飞跃过2.30米，从此跻身于世界优秀跳高选手的行列；到1982年12月，在新德里举行的亚运会上，他以轻松优美的凌空一跃，越过了2.33米的横杆，轰动了亚洲，惊动了世界，成为这一年世界上跳得最高的人。

草窝啊，草窝，中国的鹰是从这里起飞的！

朱建华，你可知道，此时此刻，有多少双眼睛在看着你吗？

知道，朱建华当然知道！每次向新的高度冲击时，他总是能感觉到无数灼热的注视，这种注视，使得他浑身火燎一般。这个震惊世界体坛的年轻的中国之鹰，他知道，祖国在身后注视着他，他知道，在不可计数的眼睛里，有几双深情而又热切的眼睛，正在一片温暖的幽暗里执着闪烁着……

那是在上海，在一条狭窄嘈杂的小街上，在他的那个16平方米的家里面，在他睡觉的那个小阁楼下，父亲、母亲、哥哥和三个姐姐，一定正挤在一起，在电视机或者收音机前面守着，等候着他的消息……

是的，这真是一个又小又挤的"草窝"。然而，我们的中国之鹰，我们的世界冠军，就是从这里飞出来的。1973年的一个春夜，当上海南市区业余体校的跳高教练胡鸿飞走上这条小街，侧着魁梧的身体挤进这间小屋时，瘦骨嶙峋的朱建华正蜷曲着又细又长的腿，腼腆地坐在角落里。胡鸿飞就是在这里看中他的。

跳高！这孩子能行吗！朱建华的父母都是普通工人，

家里没有人是搞体育的,父亲倒是个体育爱好者,是个球迷,他赞成让儿子去锻炼锻炼,可母亲却不放心。朱建华从小体弱多病,是医院的老病号,人长得挺高,就是细脚伶仃的,同学们叫他"羊脚骨",叫他"绿豆芽"。他喜欢打乒乓,从来没有跳过高,家里子女多,经济困难,长到十岁,他还没有穿过一双真正的球鞋呢!选他当跳高运动员,能行吗?胡教练却似乎胸有成竹,朱建华修长的身材和那两条又细又长的腿,一下子把他吸引住了,他知道,这是块跳高的好材料。然而谁能预料孩子长大后怎么样呢?当胡鸿飞坐在这间窄小的屋子里,仔细观察过朱建华的一家子之后,他就放心了。朱建华父亲是个身高 1.85 米的大个子;哥哥有 1.83 米;第二个姐姐,竟也有 1.75 米。朱建华和这两个高个兄妹的脸型都像父亲。人的体质是可以改变的,而人的遗传因素难以改变,胡鸿飞深信,这孩子一定能长得高高的,成为一个出色的跳高运动员。

朱建华跟着胡鸿飞,离开他的"草窝",走进了南市区业余体校。训练的地方也不大,一间破旧的屋子,只有 80 多平方米,屋里没有一副标准的跳高架,也没有一块标准的海绵垫子,连一根测量高度的尺也是用一些废木片拼接起来的。唉,又是一个"草窝"!然而放开喉咙在这里喊一声,回声倒是挺大的,而且还能嗡嗡地回荡好一会儿。听,训练开始之前,胡教练大声地说话了:"不要看这里地方小,只要胸怀大志，刻苦训练，这里一样能出跳高健将！你们敢下这个决心吗？——将来有一天，像倪志钦一样，打破世界纪录,为中国人争光！"教练的声音久久地在屋里回荡，在朱建华的心里回荡，怎么也不会消失了……

朱建华的跳高生涯，就从这里开始了，他穿上新的球鞋，连鞋带还不会系呢。胡教练走过来，教会了他第一个动作——把两根长长的鞋带，系成一个漂亮的蝴蝶结……

朱建华听人说过，日本有个排球教练，叫大松博文，可厉害了,非得把运动员们练得死去活来不可,运动员叫他"魔鬼大松"，胡教练会不会像"魔鬼大松"呢？胡鸿飞是一个严格的教练，和小运动员们在一起的时候，他的表情总是严肃的，他的眼睛可厉害了，谁不用心，谁偷懒，谁畏畏缩缩，他目光一扫就知道了。朱建华开始有点怕他，一开始训练，他就不再怕了。胡鸿飞起初只是让朱建华看大同学们的训练，让他在一边玩耍，并且常常带他去看跳高比赛，提高他的兴趣。有人建议,用负重训练把朱建华的"羊脚骨"压粗，胡鸿飞断然拒绝了。一个瘦弱的孩子，怎么能承受得了杠铃的重压呢！他的训练方法与众不同，"花样经"可多了，一会儿跑，一会儿跳，跑里面有发令跑、行进间跑、弯道跑、计时跑；跳里面又有纵跳、单足跳、蛙跳、助跑跳，还有跳橡皮筋、跳竹竿、跳凳子、跳台阶、跳跳箱……真是常练常新，翻不尽的花样。有时练累了，还做游戏呢，大家一起"夺堡垒",训练的劳累,会在轻松的笑声里悄然消散……胡鸿飞和"魔鬼大松"完全是两码事!

　　如果母亲知道教练都像"魔鬼大松"的话,她大概怎么也不肯让儿子当运动员了。可她还是放心不下。一天,瞒着家人,她偷偷地到业余体校去看儿子训练。体校门关着,她只能站在篱笆外透过缝隙朝里看。朱建华正好在练习过杆动作,看着儿子一次又一次从高处跌落在地,母亲心疼了。朱建华回到家里,母亲一把将他搂在怀里,含着眼泪说:"你今天跌痛了吧?以后不要再去了!"朱建华笑起来:"今天我哪里跌过跤,运动员嘛,不运动还行!"当朱建华参加小学生运动会,捧回来一张花花绿绿的奖状时,全家人都乐坏了。当他们明白,这个曾经那么瘦弱的小弟弟,真是一个有希望的跳高运动员时,父母兄妹围在一起开了一个家庭会议,并且做出一条不成文的"决议":要想尽一切办法,保证让他吃好,休息好,学习好。全家人节衣缩食,给朱建华买各种各样的营养品……

　　在"草窝"里,朱建华迅速成长起来。四五年以后,那个瘦弱多病的"羊脚骨"不见了。一个身体结实、动作矫健的高个子运动员,出现在运动场上,凡是有跳高比赛,他总是能甩下所有和他年龄相仿的对手,用超群出众的腾跃,夺得亮晃晃的奖杯。上海冠军!全国冠军!亚洲冠军!世界冠军!朱建华的名字,像一颗耀眼的星星,升起在中国的体坛。当然，这也是"草窝"的光荣，朱建华的一家人，都成了跳高迷：朱建华在上海比赛时，家里人总要赶到运动场去看；朱建华离家外出比赛时，全家人的心都被他带走了……

草窝里飞出了展翅高飞的雄鹰，雄鹰是不会忘记他的草窝的！

真的，对这个虽然小却充满温情的家，对南市区业余体校那个简陋的训练房，朱建华的感情是太深了。从外地、从国外比赛回来，他依然住在这个家里。回家后，他总要抢着做一点家务：洗碗，倒垃圾，早晨为父母买早点……晚上，他依然攀着木梯爬到小阁楼上睡觉。对了，我们来看看他的小阁楼吧，阁楼长2米，宽不到1米，搭在一条兼做厨房的走廊上面，煤球炉子里飘起的油烟，常常透过板缝钻进来。阁楼上，连一张最小的单人床也放不下，只能搁一块用无数小木条钉成的铺板。小时候，他和哥哥一起挤在阁楼上睡觉，平躺着并排睡不行，只能侧着身子睡。现在，哥哥结婚了，朱建华把照顾给他的一间宿舍让给了哥哥，小阁楼属于他一个人了。现在人实在太长，晚上睡觉时，头和脚总是磕磕碰碰的，他不得不蜷起腿睡。邻居们有时会笑着打趣："噢，世界冠军困小阁楼喽！世界冠军困小阁楼喽！"朱建华不说什么，只是笑笑。他是在这里长大的，他还是他。既然有许许多多人还挤在阁楼上，世界冠军睡睡阁楼，大概也不能算什么大惊小怪的事情。

他依然深深地留恋着那个简陋的训练房，他还是常常跟着胡鸿飞到那里去训练。朱建华觉得，无论条件多么好的训练场，都无法和那里比，因为，那斑斑驳驳的墙上，那布满裂缝的地上，印着他与教练的身影和脚印，洒满了他们的汗水，那潮湿的空间里，回荡着他最初的誓言……

横杆下，两颗心，在同一个节奏中有力地搏动……

胡鸿飞教练，此刻，你在想什么呢？在朱建华跃跃欲试的姿态中，在他那闪闪发亮的眼神里，你，看到成功的信息了么？不，胡鸿飞是冷静的，冷静得就像一尊雕像。他永远不会想入非非，永远不会用波动的情绪影响朱建华。在千千万万观众那一片乌黑的头发中，五十八岁的胡鸿飞那一头积雪似的白发是引人注目的。朱建华是看着自己教练的头发一点一点白起来的……

也许，世界上很少有一帆风顺的成功者。曲折和艰难，使懦弱的人变得坚强起来，使幼稚的灵魂变得深沉起来。1981年8月，朱建华去罗马尼亚参加世界大学生运动会，本来说好了的，胡鸿飞将一起去，可是，临出发的时候，代表团的名单里没有胡鸿飞的名字。对于朱建华来说，这真是一场不走运的比赛。在众多强手的角逐中，他和美国的一名运动员一起，淘汰了许多对手，一个回合又一个回合地拼过了 2.25 米。跳 2.28 米时，朱建华受伤了，左脚肿得老大，痛得无法着地。美国选手也未能越过这个高度。照新规则，两个人必须重新决赛，朱建华只得弃权。明明他跳得最好，却只得了个银牌。朱建华看着又红又肿的脚，只觉得一肚子窝囊。胡鸿飞常常对他说：跳高运动员的脚最容易受伤，又最怕受伤，一些最优秀的运动员，往往在伤后一蹶不振，葬送了美好前程。平日训练时，胡鸿飞非常注意保护朱建华的脚，不做好充分的准备活动，绝不轻易剧烈运动……可自己，偏偏在胡教练不在的时候受伤了！

回国后，朱建华听到一个消息：他要换教练了。也许，在有的人眼里，指导了他整整八年的胡鸿飞，不过是一个区业余体校的教师，一个半路出家的业余教练。而朱建华，已经是举世闻名的跳高名将，两人之间，似乎"门不当户不对"了。一向沉默寡言的朱建华发起急来："不行，我没有胡指导不行，他最熟悉我，最了解我！"朱建华在北京，胡鸿飞在上海，两人无法见面，朱建华便一封接着一封给胡鸿飞写信：亲爱的胡指导，您一定不能丢下我不管！我的成绩和进步，都凝结着您的心血。请继续指导我吧，我等着您把新的训练计划寄来……

真是祸不单行，胡鸿飞也病了，他的心脏病复发，病得不轻，住进了医院。谁也不知道他将在病床上躺多久……

朱建华埋头给胡鸿飞写信时，往事一幕一幕在眼前浮动。许多小事情,当时平平淡淡地过去了,这时回想起来,却感到意味深长……

那一次,朱建华参加一个田径赛。比赛开始后,他觉得很兴奋,别人比赛时,他就自己在一边练弹跳,一下,蹦得老高,再一下,又蹦得老高,蹦了一下又一下,他越蹦越来劲。胡鸿飞像往常一样,坐在看台上密切注意着朱建华的一举一动。朱建华在场子里起劲地蹦跶,他在看台上默默地数:5下,10下,20下……胡鸿飞的眉心锁起来了。比赛结束后,胡鸿飞找到朱建华,满脸严峻。明明赛得还可以,这是为什么呢?朱建华正纳闷着,胡鸿飞发问了:"你知道,刚才你在场子里蹦了几下吗?"几下?不知道。"36下!"胡鸿飞的口气很重,"还没有过横杆,你就这样白白耗费了这么多精力,这样还能坚持到最后冲刺?一个最优秀的运动员,必须懂得积聚力量,懂得保存实力,要稳重、沉着,让所有的信心和力量都到横杆下爆发出来!"

拿到亮晶晶的奖牌和鲜艳的花束之后,朱建华总是马上想到要献给教练。胡鸿飞总是不动声色,他的严肃深沉的目光,分明在说:怎么,得意了?到头了?不要笑得太早,离世界纪录还有距离呢!一次训练结束后,胡鸿飞手里拿着一把头,一杆尺,还有一根跳高横杆,把朱建华叫住了:"来,我们做一件事情。"两人走到训练房的墙边,用尺在墙上量出了2.36米的高度,然后爬到凳子上钉了两枚钉子,横杆便搁在世界纪录的高度上了。"记住,这才是你的目标!每天看到它,每天想到它——韦西格能跳过去,你也能跳过去,而且要超过他!"

……

这一切,朱建华怎么可能淡忘呢!有人说,胡鸿飞的训练方法是不正规的"野路子"。只要能够出成绩,"野路子"有什么不好呢!胡鸿飞搞了这许多年跳高教练,并不是"碰额角头"才碰到了我朱建华,多少人在他的指导下跳出成绩来了——施晓梅,六十年代的跳高名将,中国第一个越过1.80米大关的女跳高运动员,不就是他选拔培养的吗!吴明新,韩健伟,这些十几岁就跳过2米多的优秀选手,不也是他一手训练出来的吗!怎样才叫有本事的教练?这就是有本事的教练!你们到胡指导家里看看去,体育理论书籍堆得像小山一样,那可不是摆着做做样子的,都是他自己掏腰包买来研究的。他绝不是一个盲目蛮干的教练,他尊重科学。所有被人们承认了的科学方法,开始不都是"野路子"吗!朱建华从心底里喜欢胡鸿飞的训练方法,在教练的指导下,他跑,他跳,他背负着杠铃蹦跶、下蹲……所有这一切,他从来没有感到厌倦,感到枯燥,所有形形色色的训练,看似互不相干,实际上都围绕着一个中心:提高成绩!不是说"实践是检验真理的唯一标准"吗?实践已经有力地证明，胡鸿飞的"以速度为中心突破，求得力量和技术的平衡"的训练方针，是行之有效的！

一回到上海，朱建华就赶到医院里去看胡鸿飞了。那是1982年刚刚开始的时候，胡鸿飞消瘦的脸上，神色忧郁，头发仿佛白了许多，他担心着朱建华的脚，担心着他的未来。朱建华也忧心忡忡，他为教练的心脏担心，也为自己的前途忧虑，他怕胡鸿飞真的再也不能带他训练。

"脚上的伤怎么样？"胡鸿飞开口就问。

"好了，没事了。我天天踢足球呢！"

"踢足球？！"胡鸿飞猛地从病床上坐了起来，"还没有恢复训练吗？"

"胡指导，我恐怕不行了，现在连两米也跳不过。"

胡鸿飞眉头一皱，从床上跳下来，三下两下脱去病号服，换上便衣，拉起朱建华就往外走。

哪里去？——训练！

你的心脏行吗？——没问题！

一老一少，悄悄地溜出医院，坐两站电车，就到了南市区业余体校，到了那个哺育出雄鹰的"草窝"。

好，一切从头开始，跌倒了，站起来，让横杆再一厘米一厘米升上去！

师徒之间，订出了新的训练计划。胡鸿飞，成了病房里最不遵守制度的病人。每星期三和星期天下午，他便从医院里溜出来,朱建华在"草窝"里等着……高高的横杆下,两颗心在同一个节奏中有力地搏动……

两个月后,胡鸿飞出院了。他终于名正言顺地又成了朱建华的教练。

教练回来了,可朱建华还是心急如焚。半年前,他还能轻松地越过 2.30 米,可现在,他真的连两米也跳不过。看到横杆高高地拦在那里,他心里竟生出一种从未有过的害怕,怕跳不过去,丢脸。胡鸿飞却沉得住气,他知道,朱建华受伤之后,有一个恢复过程,首先得让他把信心鼓起来。于是,胡鸿飞一边抓紧对朱建华进行身体素质锻炼,一边千方百计刺激他的信心。一次,上海一所大学开运动会,邀请朱建华做跳高表演,胡鸿飞带着他去了。2 米,朱建华跳过去了!胡鸿飞亲手把横杆升高 2 厘米,嘴里却报 2.05 米,朱建华又跳过去了,胡鸿飞再把横杆升到 2.24 米,并宣布这是 2.10 米,朱建华又一跃而过。这样一来,朱建华的信心逐渐又树了起来。四月份,田径队进行春季测验,那天下着大雨,朱建华冒雨跳过了 2.18 米。胡鸿飞笑了:"小朱,不必担忧了,下雨天能跳到这样,还怕什么!"

朱建华终于彻底恢复过来了。他觉得,随着成绩一分一分地提高,教练的头发越来越白了。教练啊,请您放心,我会争气的,我绝不会让你的头发白白地染上霜雪!

韦西格，你等着瞧，我要超过你的！

唉，韦西格，此刻，你为什么不在这里呢？如果你在这里，朱建华一定要和你真刀实枪地较量一番的。来，让那根铁面无私的横杆一截一截地往上升，两个人轮流跳，看看到底谁先把它碰下来？看看到底谁是世界上跳得最高的人？看看到底谁能创造出新的世界纪录来？唉，韦西格，你真应该到这里来的。

朱建华没有见过韦西格，然而对这个名字，他是太熟悉了！1980年，在莫斯科举行的奥运会上，这位民主德国的青年厨师出人意料地跳过了2.36米，把由联邦德国默根堡创造的世界纪录提高了1厘米。在世界跳高之王的宝座上，他已经坐了快三年了。这三年里，无论是他自己还是其他人，谁也没有再能够跳过这个高度，韦西格的这把交椅，似乎还是稳稳当当的哩。

2.36米，朱建华每天都想着要超过这个高度。一走进训练房，墙上那根标志着2.36米的横杆，就像箭一般射进他的眼帘，只要稍稍凝视一会儿，他的血就会沸腾起来，眼睛里就会闪出灼灼的光芒。他看见韦西格了——这个身高两米多的小伙子，就站在那根黑白相间的横杆前，快活地笑着，两只手高高地举过头顶，就像报纸上登的那张照片一样。他的笑眯了的眼睛流露出自得的神情，好像在说：

你？你也想跳这么高？

在这种时候，朱建华别无他想，只感到整个身心都被烈火燃烧着，他只想憋足气力跳、跳，把那个属于别人的高度甩到自己的身子底下。哦，韦西格，你等着瞧，我要超过你的！是的，我的目标绝不仅仅是 2.36 米，而是要超过你，超过你！

今天，是他第四次向韦西格挑战了——在 1982 年一年中，他已经三次向 2.37 米的高度冲击。

第一次是 1982 年 6 月 20 日，在北京全国田径冠军赛上，他飞身一跃跳过 2.31 米，把自己创造的亚洲纪录提高了 1 厘米，然后便勇敢地向 2.37 米冲击。三次试跳，横杆都被碰下来了。首次冲击世界纪录，尽管失败了，朱建华却并不灰心——来日方长，还有再显身手的时候！

42 天以后，在上海的"金雀杯"田径对抗赛中，他飞越过 2.32 米，再次刷新亚洲纪录。横杆，又一次升到 2.37 米。三次试跳的情况和前一回差不多，还是未能成功。这一天，奖杯、鲜花、掌声和欢呼当然还是属于朱建华的，然而他实在不满足。他怎么也忘不了，这天刚刚走进体育场，群青年工人就把他团团围住了："朱建华，我们今天是请了假，专门来看你跳高的！""我们刚刚下了夜班，听说你在这里跳高，不想睡觉啦！朱健华，今天看你的了！""朱建华，敢不敢冲世界纪录？""为我们中国人争一口气啊！"……

他怎么能忘得了那一双双充满期冀的眼睛,怎么能忘得了那一片真诚而又热切的叮嘱和鼓励!

12月1日下午,在印度新德里尼赫鲁体育场,朱建华的跳高形成了运动会的高潮。他甩下所有的对手,以锐不可当的气势,跳过了2.33米。亚洲的跳高,又有了新的纪录!尼赫鲁体育场为之欢腾。这位看似稚气未脱的中国小伙子,竟然在半年之内三次刷新亚洲纪录,这实在不可思议,了不起!热情的印度观众和各种各样不同肤色的外国人一起拍着巴掌,有节奏地欢呼:"朱建华!中国!""OK,CHINA!"兴奋的朱建华眼睛红了,放开嘶哑的嗓门大声向裁判员喊着:"2.37米!"韦西格,又一次面临着年轻的中国对手强有力的挑战了。横杆刚刚升到2.37米,裁判员示意朱建华准备起跳时,场上突然发生了一阵骚动,万头攒动的看台上喊声四起,人们的注意力都集中到空荡荡的跑道上。朱建华回头看去,也不由一愣,跑道上,出现了一个震撼人心的镜头:一位运动员用一条腿,独自在那里一跳一跳地行进。这是一位日本的十项全能运动员,在比赛中伤了一条腿,他正在用惊人的毅力,顽强地完成他的最后一项比赛——1500米跑,这样的运动员,理所当然地会吸引观众的注意力,人们纷纷为他呐喊加油。场子里的骚动还未平息,一分半钟电子计时器已经开动了,不能再有任何分心和迟疑。朱建华深深地吸一口气,飞一般奔向横杆——起跳！他高高地弹起来，弹得那么高，身体过横杆时，还腾空好长一段。看台上的观众欢呼起来。然而，他刚刚跌落在海绵垫子上，头上的那根横杆，也慢慢地跟着飘了下来，就像用高速摄影机拍下的慢镜头，场子里的裁判、运动员，看台上的观众，全部傻眼了，明明跳过去了，怎么回事？朱建华猛地拍了一下大腿，唉，是那该死的脚后跟，只是轻轻地在横杆上擦了一下，轻得连他自己都没有任何感觉，横杆却毫不客气地跟着下来了。第二次、第三次试跳，精力已经大不如前，没能再跳过去。

也许，运动员出成绩，有时真要讲那么一点儿运气，除了个人的竞技状态，还得加上天时、地利、人和，哪怕是一星点儿细微的干扰，也可能使唾手可得的成功变成泡影。在通向2.37米的道路上，仿佛总有谁在冥冥之中阻碍着朱建华。在尼赫鲁体育场，如果没有那个受伤的日本运动员出现在跑道上，如果朱建华的脚后跟再抬高0.1厘米……2.37米的横杆，也许就不会被碰下来……

胡鸿飞教练可没有那么多的"如果"。他从来不抱什么侥幸心理，靠侥幸成功，绝对不可能成为真正的名副其实的世界冠军！他相信实力，相信技术。朱建华的每一次新的冲刺，他都睁圆了眼睛观察得一清二楚。当人们疯狂地欢呼，当人们惋惜地叹息，他，却总是沉默着，并且不时用笔在随身带着的那个小本上记下一点什么。朱建华技术上任何一点小小的漏洞，情绪上任何一点细微的波动，都逃不过他的眼睛。在新德里那次破世界纪录的冲刺，确实已经成功在望了，胡鸿飞和所有的目击者一样，看到了希望的曙光——朱建华身体腾起的高度，比 2.37 米的横杆高出好几厘米！比赛结束后，他像以往一样，细致而又严肃地指出了朱建华技术中的不足，详尽地制订出新的训练计划，马上开始了更高标准的训练。朱建华知道，在大洋彼岸，他的对手并没有躺在冠军的宝座上睡大觉，韦西格，绝不会只是在戈尔德伯格的餐馆里舞着菜勺，嚼着他的"韦西格牛排"，他也在拼命地练，他也在想着创造新的世界纪录。在美国，在苏联，在西德，还有几个闻名世界的"飞人"在盯着他。

是的，还是胡鸿飞的那句老话："还不到笑的时候！"韦西格，你等着……

他果断地举起手臂，大声喊道：2.34 米不要了，跳 2.37 米！

朱建华，你记得吗，去年评选最佳运动员时，你曾经收到过这样一张选票，十个空格内，只填了一个名字：朱建华。其余的空白，被一个粗重的数字填满了：2.37 米！此刻，这张选票的作者，大概也挤在看台上望着你呢！你的信心如何!

几个赛事已毕的运动员挤在看台下面,紧张得捏紧了拳头。朱建华,昨天傍晚你对我们讲的那些话,该不会是夸口吧?……

24小时之前,北京工人体育场也是这么宁静。初夏的微风,掠过绿茵茵的草坪,又轻轻地在空无一人的梯形看台上缓缓游荡,仿佛正在悄悄地传播着第五届全运会田径预赛的消息。朱建华和他的几个队友从宿舍里走出来,说说笑笑地沿着高高的铁栏围墙散步。大赛之前,必须丢掉一切包袱,必须轻轻松松,让每一块肌肉、每一根神经都得到充分的休息,这样,比赛时才能聚精会神,作一阵轰轰烈烈的爆发。文武之道,一张一弛,胡鸿飞教练深知这个道理。朱建华在静悄悄的体育场边沿慢慢地走着,显得悠闲自在。血红的夕阳,把铁栏杆的影子投在水泥路上,一格一格长长的影子,从墙脚一直伸展到很远的地方。朱建华一边走,一边回想着胡鸿飞刚刚给他看的一份国际田径情况:美国优秀的黑人跳高选手卡特,已经在向2.40米冲刺了,而且差一点成功! 是啊,不仅仅是一个卡特格啊……

"哎,小朱,这栏杆的高度,明天你能跳过去吗?"一个队员开玩笑地问了一句。

朱建华抬头看看,栏杆不过2.20米左右,他笑了:"轻松，没问题。"

"那么，这水泥柱呢？"栏杆的中间，每隔一段就有一根方水泥柱，高出铁栏杆好大一截。

朱建华站定不走了。水泥柱，大概快接近2.40米，是超过世界纪录的高度了！哎，这高高的柱子，怎么像一个人呢，他高傲地站在那里，两手合抱在胸前，背脊斜靠在栏杆上，挑战似的逼视着朱建华。噢，是韦西格？是卡特？……朱建华激动起来："这柱子，我一定也能跳过去！"

真的，朱建华并不是吹牛，他觉得浑身轻松，身体的每一个部件都感觉良好，想高高地跳起来的欲望，时时刻刻在他的心里冲动。他抬起头，看了看逐渐暗下来的天空，他担心明天会下雨，如果下雨，那就糟了。不久前那次不顺利的南京国际田径邀请赛，他还记忆犹新呢。那次比赛时，他的身体和技术素质处于极佳状态，胡鸿飞和他对创造新成绩充满了信心。谁知比赛那天竟下起雨来，运动员一个个被淋成了落汤鸡，谁也无法出成绩，朱建华只跳过2.26米，错过一次非常好的机会。

6月11日，多云，是比赛的好天气！跳高比赛是下午三点半开始的。在十几名跳高选手中，朱建华显得特别沉着冷静。当横杆升到2.00米、2.04米时，别的运动员都上场了，只有他，依然静静地坐在一边。2.08米，他一跃而过，轻松得像越过一道门槛。2.12米，他又轻而易举地过去了。

2.16米,他免跳。2.20米,他又是一跃而过。2.22米,他再免跳。他知道,跳第六次至第八次时,是竞技状态最好的时候,他要抓住最好的时机冲击新的高度。到2.26米时,裁判员换了一根新的横杆,没有谁能越过这个高度了,只有朱建华,还是轻轻地凌空一跃,过去了。

横杆升到2.34米,这将是新的亚洲纪录,朱建华还没有征服过这个高度。然而他充满了信心,他并没有感到横杆高不可攀,比起昨天见到的那个水泥柱,还差那么一截呢。他轻轻跳了几下,闪电般扑向跳高架,哒哒哒哒……

起跳!腾空!顺利过杆。身体高出横杆很大一截!可是,当他倒地之后,横杆却慢悠悠地飘落下来,像电影里的慢镜头。这情形,几乎和半年前在新德里冲2.37米的情景一模一样,还是脚跟轻轻擦了一下!

朱建华呼地从海绵垫子上一跃而起,用手掌狠狠地拍了一下大腿。唉,怎么这样不争气!场子里,惋惜的叹息声像烟雾一般四处弥漫着……朱建华抬起头来,朝议论纷纷的看台上望了一眼。他看见胡鸿飞了,教练稳稳地坐在那里,脸上毫无沮丧的神情,甚至有那么一点儿微笑。朱建华又振奋了,他懂得胡鸿飞的心思,赛前,胡鸿飞曾经提醒过他:跳2.34米时万一出现类似情况,就说明有实力,不能错失时机,必须鼓足勇气再冲!昨天傍晚,在水泥柱前产生的幻觉,仿佛又突然出现在眼前:韦西格、卡特,正高傲地瞧着他……

朱建华热血沸腾了。他大步走到裁判面前，果断地举起手臂，大声喊道：2.34米不要了，跳2.37米！

不是尾声

现在，我们让那个"定格"了的激动人心的场面再动起来吧……

一分钟电子计时器开动了。万籁俱寂，整个世界仿佛暂时沉默了，人们只能听见自己加快了频率的心跳……朱建华昂起头颅，双目炯炯地向那根高高的横杆投去庄严而又轻蔑的一瞥，他要冲了！

北京工人体育场从来没有这么静过。当朱建华踏了几个碎步，旋风般冲向横杆时，整个空间只有他的脚步声在响着——哒哒哒哒……像惊心动魄的鼓点，震撼着这个暂时沉默的世界，激动着无数忐忑不安的灵魂。在2.37米的横杆下，他奋然起跳了，跳得那么高，仿佛要离开大地，蹿入云空……朱建华跳过去了，横杆依然架在空中，纹丝未动！

1983年6月11日18∶05，中国人创造了新的跳高世界纪录！

北京工人体育场地震了！观众们发狂似的从看台上跳下来，欢呼着向朱建华拥来。"朱建华，英雄啊！""中国万岁！"……人们忘情地呼喊着，晶莹的泪花在无数双眼睛里滚动着。80 高龄的总裁判夏翔老泪纵横，激动得说不出一句话。倪志钦、郑凤荣像年轻人一样叫喊着，拼命拍着手，视线也变得一片模糊……

朱建华被欢乐的人群高高地抛起来，抛起来……他的脚刚刚着地，便不顾一切地冲向看台，和泣不成声的胡鸿飞紧紧地拥抱在一起……

是的，2.37 米，这是当今跳高的世界之巅，是跳高运动员的珠穆朗玛。这新的高度，属于中国！

然而，世界永远在运动。科学家们说，珠穆朗玛，每年都在向上升着。跳高世界纪录，也会往上升的。朱建华的目光，已经离开 2.37 米，向更高的方向看去。他还年轻，他绝不会在攀登道上滞留。有许多重要的世界大赛在等待着他。他的掷地有声的誓言，正随着电波传遍世界：

……跳过 2.37 米，已经是过去的事了。

我将从零开始，争取早日跳过 2.40 米！

一九八二年八月二十一日于上海

日晷之影

> 影子在日光下移动，
> 轨迹如此飘忽。
> 是日光移动了影子，
> 还是影子移动了日光？
>
> ——题记

我梦见自己须髯皆白，像一个满腹经纶的哲人，开口便能吐出警世的至理格言。我张开嘴巴，却发不出一点声音。

我走得很累，坐在路边的石头上轻轻地喘息，我的声音却在寂静中发出悠长的回声。时间啊，你正在前方急匆匆地走，为什么，我永远也无法追上你？

时间是不是一种物质？说它不是，可天地间哪一件事

选入教材：

蔚蓝的思维
科学人文读本
2005 年
上海教育出版社

物与它无关？说它是，它无形无色无声，谁能描绘它的形状？

说它短促，它只是电光闪烁般的一个瞬间。然而世界上有什么事物比它更长久呢，它无穷无尽，可以一直往上追溯，也可以一直往下延续，天地间永远没有它的尽头。

说时间如流水，不错，水在大地上奔流，没有人能阻挡它奔腾向前。然而水流有干涸的时候，时间却永不停止它的前行。说时间如电光，不错，电光一闪，正是时间的一个脚步。电光闪过之后，世界便又恢复了它的沉寂和黑暗。那么，时间究竟是闪烁的电光，还是沉寂和黑暗？

我们为时间设定了很多标签，秒，分，小时，天，月，旬，年，世纪……对于人类来说，每一个标签都有特定的意义，因为，在这个时刻，发生了对于某些人具有特殊意义的事件，比如某个人诞生，某一场战争爆发，某一个时代开始……然而对于时间来说，这些标签有什么意义呢？一天，一个月，一年，一个世纪，在世间的长河中都只能是一滴水，一朵浪花，一个瞬间。

再伟大的人物，在时间面前，都会显得渺小无能。叱咤风云的时候，时间是白金，是钻石，灿烂耀眼，光芒四射。然而转瞬之间，一切都已经过去，一切都变成了历史。

根据爱因斯坦的假设，如果能以光的速度奔跑，我就能走进遥远的历史，能走进我们的祖先曾经生活过的世界。于是，我便也能以现代人的观念，改写那些已经写进人类史册的历史，为那些黑暗的年代点燃几盏光明的灯火，为那些狂热的岁月泼一点清醒的凉水。我也能想办法改变那些曾经被扭曲被冤屈的历史人物的命运，取消很多人类的悲剧。我可以阻止屈原投江，解救布鲁诺出狱，我可以使射向普希金的子弹改变方向，也能使希特勒这个罪恶的名字没有机会出现世界上……

然而我也不得不自问，如果我改变了历史，改变了祖先们的命运，那么，这天地之间上还会不会有我此刻所处的世界，还会不会有我这样一个人？

我想，我永远也不可能以光速奔跑，我的同类，我的同时代人，我的后代，大概都不可能这样奔跑。所以我不可能改变历史，而且，我并不想做一个能改变历史的好汉。爱因斯坦也一样，他再聪明伟大，也无法改变已经过去的历史。即使他能以光速奔跑。

在乡下"插队"时，有一次干活休息，我一个人躺在一棵树下，斑驳的阳光透过树叶的缝隙照在我的身上。我的目光被视野中的一条小小的青虫吸引，它正沿着一根细而软的树枝，奇怪地扭动着身体，用极慢的速度往上爬。在阳光的照射下，它的身体变得晶莹透明。可以想象，对它来说，做这样的攀登是何等艰难劳累。小青虫费了很多时间，攀登到了树枝的顶端，再也无路可走。这时，一阵风吹来，树枝摇晃了一下，小青虫被甩落在地。这可怜的小虫子，费了这么多时间和气力，却因为瞬间的微风而功亏一篑。我想，我如果是这条小青虫，此刻将会被懊丧淹没。小青虫在地上挣扎了一会儿，又慢慢在地上爬动起来，我想，它大概会吸取教训，再也不会上树了。我在树下睡了一觉，醒来的时候，发现那条小青虫竟然又爬到了原来那根细树枝上，它还是那样吃力地扭动着身体，慢慢地向上爬……这小青虫使我吃惊，我怎么也不明白，是什么力量使它如此顽强地爬动，是什么原因使它如此固执地追寻那条走过的路，它要爬到树枝上去干什么？然而小虫子的执着却震撼了我。这究竟是愚昧还是智慧？

　　这固执坚韧的小青虫使我想起了希腊神话中的西西弗。西西弗死后被打入地狱，并被罚苦役：推石上山。西西弗花费九牛二虎之力，将一块巨石推到山顶，巨石只是在山顶作瞬间停留，又从原路滚落下山。西西弗必须追随巨石下山，重新一步一步将它推上山顶，然后巨石复又滚落，西西弗又得开始为之拼命……这种无效无望的艰苦劳作往复不断，永无穷尽。责令西西弗推石的诸神以为这是对他最严厉的惩罚。西西弗无法抗拒诸神的惩罚，然而推石上山这样一件艰苦而枯燥的工作，却没有摧垮他的意志。推石上山使他痛苦，也使他因忙碌辛劳而强健。有人认为，西西弗的形象，正是人类生活的一种简洁生动的象征，地球上的大多数人，其实就是这样活着，日复一日，重复着大致相同的生活。那么，我们生活的世界难道就是一个地狱？当然不是。加缪认为，西西弗是快乐而且幸福的，他的命运属于他自己，他推石上山是他的事情。他为把巨石推上山顶所做的搏斗，本身就足以使他的心里感到充实。

西西弗多像那条在树枝上爬动的小青虫。将时光和精力全部耗费在无穷的往返中，耗费在意义含混的劳役里，这难道就是人生的缩影？

我当然不愿意成为那条在树枝上爬动的小青虫，也不希望成为永远推着巨石上山的西西弗。我只想做一个普通的人，按自己的心愿生活。可是，我常常身不由己。

人是多么奇怪，阴霾弥漫的时候盼望云开日出，盼望阳光普照大地，晴朗的日子里却常常喜欢天空飘来云彩遮住太阳。黑暗笼罩天地的时候，光明是何等珍贵，一颗星星，一堆篝火，一点豆火，都会是生命的激素，是饥渴时的面包和清泉，是死寂中美妙无比的歌声，是希望和信心。如果世界上消失了黑夜，那又会怎么样呢？那时，光明会成为诅咒的对象，诗人们会对着太阳大喊：你滚吧，还我们黑夜，还我们星星和月亮！我们的祖先早已对此深有体验，后羿射日的故事，大概不是凭空杜撰出来的。

造物主给人类一双眼睛，我们用它们看自然，看人生，用它们观察世界上发生的一切事情。我们也用它们表达情感，用它们笑，用它们哭——多么奇妙，我们的眼睛会流出晶莹的液体。

婴儿刚从母体诞生时，谁也无法阻止他们的哇哇啼哭。他们不在乎任何人的看法，放开喉咙，无拘无束，大声地哭，泪水在他们红嫩的小脸上滚动，嘹亮的哭声在天地间回荡。哭，是他们给这个迎接他们到来的世界的唯一回报。

婴儿为什么哭？是因为突然出现的光明使他们受了惊吓，是因为充满空气的世界远比母亲的子宫寒冷，还是因为剪断了连接母体的脐带而疼痛？不知道。然而可以肯定，此时的哭声，没有任何悲伤的成分。诗人写诗，把婴儿的啼哭比做生命的宣言，比做人间最欢乐纯真的歌唱，这大概不能说错。而当婴儿长成孩童，长成大人后，有谁能记得自己刚钻出娘胎时的哭声，有谁能说清楚自己当时怎样哭，为什么而哭。诗人们自己也说不清楚。无助无知的婴儿，哭只是他们的本能。我们每个人当初都曾经为这样的本能大声地、毫不害羞地哭过。没有这样的经历，大概不能成为一个真正的人。

当我们认识了世事,积累了感情,有了爱憎,当我们开始在意自己的形象和表情,哭,就成了问题。哭再不可能是无意识的表情,眼泪,和悲哀、忧伤、愤怒、欢乐联系在一起。有说"姑娘的眼泪是金豆子",也有说"男儿有泪不轻弹",流眼泪,成了生命中的严重事件。

人人都经历过这样的严重事件。我想,当我的生活中消失了这样的"严重事件",当我的眼睛失去了流泪的功能,我的生命大概也就走到了尽头。

心灵为什么博大?因为心灵在成长的过程中,经历了无数细微的情节,它们积累,沉淀,像种子在灵魂深处萌芽,生根,长叶,最终会开出花朵。把心灵比作田地,心田犹如宽广的原野,情感和思索的种子在这原野里生生灭灭,青黄相接,花开不败。我们视野中的一切,我们思想中的一切,我们所有的喜怒哀乐,都在这辽阔无边的原野中跋涉驰骋。

生命纵然能生出飞舞的翅膀,却无法飞越命运的屏障,无法飞越死亡。我们只是回旋在受局限的时空里,只是徘徊在曲折的小路上。对于个人,小路很短,尽头随时会出现。对于人类,这曲折的小路将永无穷尽。

活着,就往前走吧。我不知道前面会出现什么,但我渴望知道,于是便加快脚步。在天地之间活相同的时间,走的路却可能完全不同，有人走得很远，看见很多美妙的景色，有的人却只是幽囚于斗室，至死也不明白世界有多么辽远阔大。

我常常回过头来找自己的脚印，却无法发现自己走过的路在哪里，无数交错纵横的脚印早已覆盖了我的足迹。

仰望天空，我永远也不会感到枯燥和厌倦。飞鸟划过，把自由的向往写在天上。白云飘过，把悠闲的姿态勾勒在天上。乌云翻滚时，瞬息万变的天空浓缩了宇宙和人世的历史，瞬间的幻灭，演示出千万年的动荡曲折。

最神奇的，当然是繁星闪烁的天空。辽阔，深邃，神秘，无垠……这些字眼，都是为夜空设置的。人间的神话，大多起源于这可望及而不可穷尽的星空。仰望夜空时我常常胡思乱想，中国的传说和外国的神话在星光浮动的天上融为一体。

嫦娥为了追求长生而投奔月宫，神女达佛涅为了摆脱宙斯的追求变成了一棵月桂树，嫦娥在月宫里散步时走到了达佛涅的月桂树下，两个同样寂寞的女神，她们会说些什么？

周穆王的八骏马展开翅膀腾云驾雾，迎面而来的，是赫利俄斯驾驭着那四匹喷火快马曳引的太阳车，中国的宝驹和希腊的神马在空中擦肩而过，马蹄和车轮的轰鸣惊天动地……

射日的后羿和太阳神阿波罗在空中相遇，是弓箭相见，还是握手言欢？

有风的时候，我想起风神玻瑙阿斯，他拍动肩头的翅膀，正在天上呼风唤雨，呼啸的大风中，沙飞石走，天摇地撼。而中国传说中的风姨女神，大概也会舞动长袖来凑热闹，长袖过处，清风徐来，百鸟在风中飞散，落花在风中飘舞……我由此而生出奇怪的念头：风，难道也有雌雄之分？

在寂静中，我的耳畔会出现荷马史诗中描绘过的"众神的狂笑"，应和这笑声的，是孙悟空大闹天宫时发出的漫天喧哗……

有时候，晴朗的夜空中看不见星星。夜空漆黑如墨，深不可测。于是想起了遥远的黑洞。

黑洞是什么？它是冥冥之中一只窥探万物的眼睛。它目力所及的一切，都会无情地被它吸入，消亡在它无穷无尽的黑暗里。也许，我和我的同类，都在它的视线之内，我们都在经历被它吸入的过程。这过程缓慢而无形，我们感觉不到痛苦，然而这痛苦的被吸入过程正在有条不紊地进行。

那么，那些死去的人，大概是完成了这样的痛苦。他们离开世界，消失在黑洞中。活着的人们永远也无法知道他们被吸入黑洞一刹那的感觉。

发现了黑洞的霍金坐在轮椅上，他仰望星空的目光像手……

　　在那些形形色色的门里面，总有一些未知的因素在等着你，在你没有敲响那扇紧闭的门之前，这是一个谜，谜底，被门挡得严严实实。

　　也许，有很多次你只是不假思索地把门敲得咚咚作响，并且总是不费任何周折就敲开了那些关着的门，敲门之后，并不会出现什么惊人的、出人意料的东西，也没有任何戏剧性的变化，一切如常。你的敲门声转瞬间便消失在寂静之中，消失在人与人之间那种千篇一律的问候和寒暄声里……

　　但是——（又来一个"但是"！在一个又一个"是"之后，总会出现那么一个两个"但是"，就像人生的路上总会有那么一个两个转折点，从而使笔直的坦途中出现了一些曲线。假如永远是直线的话，将会多么单调和乏味！）——但是，有一天，你走到一扇门前，却失去了往常的那种轻率和漫不经心，你紧张了、犹豫了，你的手举到了门前，竟久久没有叩上去。在你面前的，可能是一扇精巧的小门，或者是一扇平平常常的木板门，也可能是一扇沉重的铁门……

想象一下吧——

　　假如你是一个离乡背井几十年、又从未得到过家中信它竟是一场哀乐的前奏!

就这样,你的灵魂情不自禁会随着那在寂静中突然响起的敲门声怦然而动,即便敲门者也许只是因为疏忽而走错了门的陌生人……

有人会笑我:哪里的话!敲门嘛,还不是最平常最乏味的事情,值得你这么大做文章么?

好,朋友,我不想和你辩论。不过你不妨静静地回想一下,回想一下你所听见过的敲门声——那些属于你的,与你的生活和命运密切攸关的敲门声。我相信,总有那么几次敲门——你期待着的或者不期而来的敲门,会在你的心灵中留下巨大的回声,你一辈子也不会忘记那声音,那几声既不婉转也不悠扬的平平常常的敲门,说不定就改变了你的命运,使你开始了一种全新的生活……

是的,敲门,往往是一种开始,是一种转机,是一种无法用言语代替地对未来的宣言……

笃、笃、笃……
有人敲门。

现在,让我们走到门外,让我们来体会一下敲门者的心情。

朋友,你也一定曾无数次面对着紧闭的门,举起你的准备的情况下，突然听到关着的门被人敲响了——这敲门声可能是沉着的、不慌不忙的，可能是羞怯的、断断续续的，也可能是急促的、紧张不安的，甚至是粗重的、肆无忌惮的……这敲门声是一个带着问号的预兆，在没有打开门之前，你无法知道它预兆着什么。于是，这种不期而来的敲门声便有了一种神秘的、使人向往又使人畏惧的魅力。

　　许多意想不到的幸运和欢乐，就是由这不期而来的敲门声带来的。当你应声打开房门，门外可能是一张你日思夜想的微笑的脸，也可能是有人不动声色地送来一封看似普普通通的信，就在那普普通通的信封里，装着使你欣喜若狂的消息……就像做梦一样，几声轻轻地敲门，一下子把你送进了一个美妙的世界……

　　当然，也可能有不幸和不愉快会随着这不期而来的敲门声突然降临。这并不奇怪，因为，生活并不是仅仅由欢乐的笑声组成。这不期而来的敲门声，曾惊扰了多少人恬静美好的梦境，曾使多少人平静的眼神里闪出由衷的惶乱，有时候，

选入教材：

韩国中文教材
2008 年
韩国现代教育出版社

敲　门

笃、笃、笃……
有人敲门。

当你孤独一人，只有寂寞默默无声地陪伴着你的时候，你一定会很自然地把目光投在那扇关着的门上——要是，要是有人来敲一敲门，那该多好！那轻轻的敲门声，会一下子驱散寂寞，打破使人窒息的沉默，它将胜过世界上最美妙的音乐！

假如，你正在一间关着门的屋子里等着你要等的人，那么，这敲门声的含义是明确的。它会带来预期的相会，或许是老朋友久别重逢，或许是亲人间的欢聚……

自然，不是所有预期的相会都是愉快的，也可能是抄电表或修水管人索然无味的造访，也可能有人登门索债……你的门一千次被敲响，就会有一千次不同的结果。

然而，更多的敲门声是含义不明的。当你在毫无思想是停止在幽暗之处,停止在人迹罕至的场所,停止在荒凉的原野,也不必遗憾。只要生命能成为一个坐标,为世人提供一点故事,指点一段迷津,你就不会愧对曾经关注你的那些目光。

  我仰望天空,我知道上苍在俯视我。我头顶的宇宙就是上帝,我无法了解和抵达的一切,都凝聚在上帝的目光中,这目光深邃博大,能包容世间万物。

  我想,唯一无法被上帝探知的,是我的内心。你知道我在想什么,我在憧憬什么,我在期待什么?上帝,你不知道,我也不会告诉你。如果你以为你已洞察一切,那么你就错了。

  是的,对于我的内心来说,我自己就是上帝。

二〇〇〇年初秋于四步斋

无法以优美的姿态迎接微风。微风啊，你是代表离去的暴风雨来检阅它的威力和战果，还是出于愧疚和怜悯，来安抚受伤的生命？

芦苇无语。倒伏在地的苇秆上，伸出尚存的绿叶，微风吹动它们，它们变成了手掌，无力地摇动着，仿佛在表示抗议，又像是为了拒绝。

可怜的芦苇！它们倒在地上，在微风中在舔着伤口，心里绝不会有报仇的念头。生而为芦苇，永不可能成为复仇者。只能逆来顺受地活下去，用奇迹般的再生证明生命的坚忍和顽强。

而风，来去无踪，美化着生命，也毁灭着生命。有人在赞美它的时候，也有人在诅咒它们。

无须从哲人的词典里选取闪光的词汇为自己壮胆。活在这世上，每一个人都具备了做一个哲人的条件。你在生活的路上挣扎着，你在为生存而搏斗，你在爱，你在恨，你在寻求，你在追求一个目标，你在为你的存在而思索，为你的行动而斟酌，你就可能是一个哲人。不要说你不具备哲人的智慧和深沉，即便你木讷少言，你也可能口吐莲花。

行者，必有停留之时。在哪一点上停下来其实并不重要。要紧的是停下来之前走了多少路，走到了什么地方，看见了一些什么。

将生命停止在风景美妙的一点上，当然有意思。即便一只不知名的小花雀飞到我书房窗台上。灰褐色的羽毛中，镶嵌着几缕耀眼的鲜红。这样可爱的生灵，还好没有归入隐形的一类。花雀抬起头来，正好撞到了我凝视的目光。它瞪着我，并不因为我的窥视而退缩，那对闪闪发亮的小眼睛，似乎凝集了天地间的惊奇和智慧。它似乎准备发问，也准备告诉我远方的见闻。

我向它伸出手去，它却张开翅膀，飞得无影无踪。

为什么，它的目光使我怦然心动？

微风中的芦苇姿态优美，柔曼妩媚，向世界展示生命的万种风情。微风啊，你是生命的化妆品，你用轻柔透明的羽纱制作出不重复的美妙时装，在每一株芦苇身边舞蹈。你把梦和幻想抛撒在空中，青翠的芦叶和银白的芦花在你的舞蹈中羽化成蝴蝶和鸟，展翅飞上清澈的天空。

微风轻漾时，摇曳的芦苇像沉醉在冥想中的诗人。

在一场暴风雨中，我目睹了芦苇被摧毁的过程。也是风，此时完全是另外一副面容，温和文雅不知去向，取而代之的是疯狂和粗暴，撕裂的绿叶在狂风中飞旋，折断的苇秆在泥泞中颤抖……这是一场实力悬殊的战争，是强大的入侵者对无助弱者的蹂躏和屠杀。

暴风雨过去后，世界像以前一样平静。狂风又变成了微风，踱着悠闲的慢步徐徐而来。然而被摧毁的芦苇再也夜空一样深不可测。

宇宙的无边无际，我从小就想不明白，有时越想越糊涂。天外有天，天外的天外的天又是什么？至于宇宙的成因，就更加使我困惑。据说，在极遥远的年代，宇宙产生于一次大爆炸，这威力巨大的爆炸使宇宙在瞬间膨胀了无数亿倍。今天的宇宙，仍在这膨胀的过程中。爱因斯坦的广义相对论为这样的"爆炸"和"膨胀"说提供了依据。

于是坐在轮椅上的霍金说话了："假如暴胀宇宙论是正确的，宇宙就包含有足够的暗物质，它们似乎与构成恒星和行星的正常物质不同。"

"暗物质"，也就是隐形物质，据说它们占了宇宙物质的百分之九十。也就是说，在天地之间，大多数的物质，我都看不见摸不着，它们包围着我，而我却一无所知。多么可怕的事情！

科学家正在很辛苦地寻找"暗物质"存在的依据。这样的探寻，大概是人世间最深奥最神秘的工作。但愿他们会成功。

而我们这样平凡的人，此生大概只能观察、触摸那百分之十的有形物质。然而这就够了，这并不妨碍我的思想远走高飞。

息的游子，这一天，你终于回到了家门口。还是几十年前的那扇门，然而门里的人呢？他们是否还在这里住着？是否还都活着？是否还记得你并且欢迎你？你多么渴望马上知道门里的一切，然而你又害怕知道。于是你的手只是在门前颤抖着，久久叩不下去……

再譬如，你正在热恋之中，你默默地、苦苦地爱着一个人，然而那个被你爱着的人却一无所知。你终于下决心要把心中的恋情向你的意中人和盘托出，于是你步履维艰地走到了他（或者她）的门口……你能漫不经心地在那扇门上敲出声音吗？

假如你是一个身患疑症的病人，终于到了可以知道最后诊断的时刻，你去叩医生的门；假如你是一个信心不足的学生，在经历了一场惊心动魄、精疲力竭的考试之后，终于等到了该发榜的日子，你去叩主考老师的门；假如你是一个一时误入迷途的人，这一天，你返悟了，你怀着羞悔的、忐忑不安的心情，走到曾经诲劝过你，却被你断然拒绝过的朋友的门口……在这样的时刻，你怎么会不假思索、冒冒失失地敲响那些关着的门呢！

关在这些门里的谜底，对于你是那么重要，在你的敲门声以后出现的，可能是最美好的希望，也可能是最痛苦的失望。这种选择迫在眉睫而你却无法知道那将看到的结果。门呵，毫无缝隙的门，所有的一切都被关在里面、锁在里面！你想得到，又怕失去；你想进去，又怕受阻；你怕那门永远紧锁着，根本没有人会在里面理会你的叩问，（是呵，有些门是敲不开的！）所以你紧张了，犹豫了，那扇关着的门未被你敲响，你心里却已经咚咚地擂起了急鼓……

是的，敲门，有时候需要勇气，需要一往无前的胆量，甚至需要一点冒险的精神。有些人，就是因为在一扇两扇门前犹豫得太久，不敢用自己的手在门上敲出声音来，终于失去了一生中再不重复的机会，只能在成功的门外终生徘徊……

举起你的手来，朋友，既然你打算从这里走进去、走过去，你就不应该犹豫。让那扇关着的门在你的叩击下响起来吧！

笃、笃、笃……
有人敲门。

一九八四年十一月于上海

赵丽宏作品入选教材目录

篇 名	选入教材	出版时间	出版单位
《雨中》	九年制义务教育课本语文六年级第一学期	1991	上海教育出版社
	九年义务教育五年制小学教科书第五册	2001	人民教育出版社
	九年义务教育六年制小学语文课本第六册	2002	人民教育出版社
	义务教育六年制小学语文课本（试用）第七册	2002	浙江教育出版社
	高中语文教材高三上册	1982	上海教育出版社
	义务教育课程标准实验教科书语文四年级上册同步阅读	2004	人民教育出版社
	初中语文自读课本第一册	2004	江苏教育出版社
	初中中国语文中三读写精进练习	2006	现代教育研究社（中国香港）
《旷野的微光》	高中语文教材高三下册	1992	上海教育出版社
	九年义务教育初中语文补充教材初中一年级用	2002	北京师范大学出版社
《学步》	九年制义务教育课本语文六年级第一学期	1991	上海教育出版社
	义务教育课程标准实验教科书语文六年级下册	2003	北京师范大学出版社
	义务教育课程标准实验教科书语文五年级上册同步阅读	2005	人民教育出版社
	中学华文课本快捷课程四（下）普通（学术）课程五（下）	2006	教育出版社（新加坡）
《山雨》	九年义务教育五年制小学教科书语文第七册	2001	人民教育出版社
	九年义务教育六年制小学教科书语文第八册	2002	人民教育出版社
	九年义务教育六年制小学语文第九册	2004	山东教育出版社
《与象共舞》	义务教育课程标准实验教科书语文五年级下册	2005	人民教育出版社
	九年制义务教育六年制小学语文第九册	2006	山东教育出版社
《顶碗少年》	九年义务教育六年制小学教科书语文第十二册	2003	人民教育出版社
	九年义务教育六年制小学语文第十册	2004	山东教育出版社
	九年义务教育课本语文七年级第一学期	2005	上海教育出版社

《顶碗少年》	义务教育课程标准实验教科书五年级下册	2006	语文出版社
《望月》	义务教育课程标准实验语文五年级下册	2000	江苏教育出版社
	小学生阅读文选第十册（五年级下学期用）	2001	山东教育出版社
《为你打开一扇门》	义务教育课程标准实验教科书语文七年级（上册）	2002	江苏教育出版社
	普通高中课程标准新课堂语文课外阅读（高一上学期用）	2005	山东教育出版社
《周庄水韵》	义务教育课程标准实验教科书语文八年级（上）	2002	语文出版社
	九年义务教育课本语文九年级第一学期	2012	上海教育出版社
	义务教育课程标准实验教科书语文六年级上册同步阅读	2006	人民教育出版社
《炊烟》	义务教育初级中学课本（试用）语文第一册	1996	浙江教育出版社
	中国语文第三册	2002	香港牛津大学出版社（中国香港）
	中学中国语文描写和抒情中二单元（四）	2002	现代教育研究社有限公司(中国香港)
《囚蚁》	义务教育课程标准实验教科书语文六年级上册	2007	湖北教育出版社
《蝈蝈》	义务教育课程标准实验教科书语文七年级上册	2003	湖北教育出版社
《小鸟，你飞向何方》	高校文科·电大·业大·刊大自学高考·写作课参考读物精读文萃	1985	北京师范大学出版社
	当代中国文学名作选读	1995	光明日报出版社
	义务教育课程标准实验教科书 同步阅读文库五年级上册	2005	北京师范大学出版社
《在急流中》	义务教育课程标准实验教科书语文六年级（上）	2005	西南师范大学出版社
《致大雁》	课外语文初中三年级	2000	辽宁人民出版社
	大语文初中一年级	2002	中国大百科全书出版社
	新课程初中语文读本七年级上册	2004	山东教育出版社
	生本教育体系实验教材语文第10册	2006	教育出版社有限公司（中国香港）
《假如你想做一株蜡梅》	高级中学课本（实验本）语文阅读部分一年级第一学期	2002	华东师范大学出版社
	配合新课程标准半小时阅读九年级	2006	浙江少年儿童出版社
	中等职业教育国家规划教材语文（提高版）第三册	2004	高等教育出版社
	中等职业学校教材试用本 语文第二册	2006	高等教育出版社

《三峡船夫曲》	高中语文课本高一下册	1992	上海教育出版社
《晨昏诺日朗》	普通高中课程标准实验教科书必修一	2005	江苏教育出版社
	高级中学课本语文一年级第二学期（试用本）	2007	华东师范大学出版社
《青鸟》	新加坡初中二年级语文课本	1998	教育出版社（新加坡）
《山中奇遇》	新加坡中学华文课本中学一年级上册	2011	新加坡名创教育出版社
《钱这个东西》	大语文高中一年级	2002	中国大百科全书出版社
	新读写大语文高中D卷	2002	辽宁人民出版社
《母亲和书》	大语文初中阅读总复习	2002	中国大百科全书出版社
《历史》	义务教育三年制、四年制初级中学语文自读课本第二册	2001	人民教育出版社
《西湖秋意》	新课程初中语文读本七年级下册	2006	山东教育出版社
《海鹰》	义务教育课程标准实验教科书语文四年级下册同步阅读	2006	人民教育出版社
《绿色的宣言》	义务教育课程标准实验教科书语文五年级下册同步阅读	2006	人民教育出版社
《祖国啊》	义务教育课程标准实验教科书语文自读课本九年级下册	2003	人民教育出版社
《二寸之间》	新读写大语文初中A卷	2002	辽宁人民出版社
《最后的微笑》	新课程初中语文读本九年级上册	2004	山东教育出版社
《贵在创造》	小学生阅读文选第七册	2000	山东教育出版社
	新课程小学语文读本五年级上册	2004	山东教育出版社
《心灵之树》	新课程小学语文读本六年级下册	2006	山东教育出版社
《诗魂》	全日制义务教育语文课程标准（实验稿）补充教材现代诗文阅读七年级上册	2002	作家出版社
	幼儿师范学校语文教科书（试用本）阅读文选第三册	2003	人民教育出版社
	百家散文名作鉴赏	1990	北京出版社

《鹰之死》	义务教育语文课程补充教材七年级下册	2003	作家出版社
《我们的国歌》	九年级义务教育三年制初中教科书第一册	2000	教育科学出版社
《风啊,你这弹琴的老手》	新课堂语文课外阅读九年级下册	2005	山东教育出版社
《光阴》	现当代散文诵读精华初中卷	2003	人民教育出版社
《老人和夕阳》	新读写大语文小学三卷	2002	辽宁人民出版社
《童年笨事》	河北省义务教育初级中学新课程语文读本(实验本)第一册	2001	河北大学出版社
	明仁德国文四年级·秋	2015	世界知识出版社
《太湖夕照》	新课标自读课本中国语文五年级	2006	中国大百科全书出版社
《不褪色的迷失》	教育部高职高专规划教材实用语文第一册	2000	华东师范大学出版社
《人生是一本书》	中等职业教育国家规划教材语文(提高版)第三册	2002	高等教育出版社
《流水和高山》	高等职业教育教材高职语文	2006	高等教育出版社
《希望,展翅飞翔》	中学语文课外诵读本诵读文选与朗诵指导	2000	华夏出版社
《青春》	义务教育课程标准实验教科书同步阅读文库六年级下册	2003	北京师范大学出版社
《胜者和败者》	大学语文教材·儿童文学选读	1992	高等教育出版社
《新的高度,属于中国》	中学语文阅读文选初中一年级上学期用	1983	江苏人民出版社
《日晷之影》	蔚蓝的思维——科学人文读本	2005	上海教育出版社
《敲门》	韩国中文教材	2008	韩国现代教育出版社